Svea Kerling, als Sonntagskind anno 1974 in Kroatien geboren, verbrachte ihre Kindheit in einer kleinen Gemeinde inmitten der hügeligen Landschaft im österreichischen Weinviertel. Auf der Suche nach Freunden und Akzeptanz fand sie ihre treuesten Begleiter: Bücher. Heute lebt die Autorin mit Kind und Katz unweit der österreichischen Bundeshauptstadt.

J. Mertens wurde 1968 in Lüdenscheid geboren. Schon als Kind entdeckte er seine Vorliebe für Grenzwissenschaften und Schauergeschichten. Nach seinem Umzug 1999 in die Nachbarstadt Altena betrieb er einsame Studien im okkulten und psychologischen Bereich, bevor er sich ab 2007 aktiv dem Verfassen von phantastischer Belletristik widmete. Neben seiner Schreibtätigkeit verdingt er sich auch als Künstler im gleichen Genre.

Svea Kerling
J. Mertens

CHORUS

MORTIS

Tanz in der Finsternis

Handlungen und Akteure in diesem Buch sind frei erfunden. Jede Ähnlichkeit mit real existierenden Personen, lebendig oder verstorben, wären rein zufällig.

Bibliografische Information der Deutschen Nationalbibliothek:
Die Deutsche Nationalbibliothek verzeichnet diese Publikation in der Deutschen Nationalbibliografie, detaillierte bibliografische Daten sind im Internet über http://dnb.dnb.de abrufbar.

Coverdesign, Satz und Layout: J. Mertens
https://pixabay.com

Illustrationen: Petra Bichler & J. Mertens

Herstellung und Verlag:
BoD – Books on Demand, Norderstedt

ISBN: 978-3-7448-7552-3

www.sveakerling.com
www.obscuranox.com

In der Stille der Dunkelheit kannst du die Trauer deines Herzens hören. Und manchmal kannst du den Wahnsinn dieses Lebens fühlen.

(Ivonne Weingart)

Dunkelheit kann man nicht sehen. Sie ist.

(Erhard Blanck)

S. Keuling

Mertens

Inhalt

VORWORT

Es gibt eine umstrittene physikalische These, welche besagt, dass zwei noch so weit voneinander entfernte Körper im endlosen freien Fall sich über gravitatorische Fernwirkung allmählich annähern, bis sie schließlich Seite an Seite ihren Abwärtsweg fortsetzen. Dies muss wohl auch im übertragenen Sinne auf die Autoren dieses bescheidenen Werkes zutreffen, denn selbst die fast neunhundert Kilometer räumliche Distanz konnten letztendlich unsere Zusammenkunft nicht verhindern. Das Gesetz der Anziehung scheint für alle Ebenen der Existenz zu gelten.

Und in der Tat befinden auch wir uns in einem fortwährenden freien Fall. Unsere Seelen sind ähnlich gestrickt. Nicht etwa auf einem lichtvollen Weg in einen hypothetischen siebten Himmel, sondern auf einem rasanten Abstieg in eine gemeinsam ersehnte dunkle Sphäre, bereits zu Lebzeiten angesetzt irgendwo zwischen Schizotypie, Borderline und Depression. Im Zuge unserer tiefen, intensiven Verbindung kamen wir somit mehr als einmal auf den Gedanken, dass all dies auf einer Fügung beruht, basierend auf unbekannten Statuten, die fest und unauslöschlich in die Grundfesten des Universums eingemeißelt sind.

Da wir beide der schreibenden Zunft angehören, dauerte es somit nicht lange, bis die Idee zu einer Zu-

sammenarbeit spruchreif wurde. Was zunächst als reiner Lyrikband geplant war, entwickelte sich dann zu einem Streifzug durch unsere gesamte Schaffenswelt, und wir waren uns schnell einig, dieses literarische Duett zu einem kleinen Kunstwerk zu gestalten. Zu diesem Behufe nahmen wir auch die Zeichnerin Petra Bichler mit ins Boot, die mit ihrem Kohlestift die Hälfte der Zeichnungen beisteuerte.

Diese Form von Kunst zu verstehen, liegt jedoch im Auge des Betrachters. Sie entstammt in jeder Hinsicht finsteren Regionen, und wer angesichts der Texte und Illustrationen auf die Ausschüttung von Endorphinen hofft, wird sicherlich alsbald vom gegenteiligen Effekt überrannt werden. Unsere Interessen und Neigungen beinhalten keineswegs literarisch-lutherische Apfelbäumchen, sondern wandern zwischen Gräbern, Gruften und seelischen Abgründen, wenn auch, sofern angebracht, mit einer Prise schwarzen Humors gespickt.

Die in diesem Werk zusammenfassten Geschichten, Essays und Gedichte behandeln somit allesamt in ihrer Grundessenz das Thema Tod, seelisch oder körperlich, in der einen oder anderen Weise.

Der Tod hat nicht nur viele Gesichter. Auch Geschichten. Und der Tod beobachtete das Leben, wie es sehnsuchtsvoll am grünen Ufer saß, unweit des kleinen Bächleins. Damals hatten sie gemeinsam Äon erschaffen, lange bevor die Zeit sie in ihren Grundfesten

erschüttert hatte und sie schmerzlich auseinanderriss. Der Tod kam näher und trat vor das Leben. Das Leben hob sein Köpfchen, als es den schwarzen Schatten spürte.

Und er Tod fragte das Leben: »Liebst du mich?«

Das Leben zögerte, doch nicht, weil es etwa nach einer Antwort suchen musste; die Antwort war es selbst.

Und so antwortete das Leben: »Bis in alle Ewigkeit.«

Der Tod reichte dem Leben die Hand, dankbar griff es danach. Er legte seinen schützenden Schleier um seine Geliebte, niemals wieder würde er sie der Erbarmungslosigkeit der Zeit opfern. Sie waren vereint, der Tod war zu ihr zurückgekehrt. Zu seiner wahren Liebe.

Und so, unsere werten Leser, lassen Sie sich von uns an die Hand nehmen. Vergessen Sie die Zeit, begleiten Sie uns an jenen Ort, an dem ein kleines Bächlein plätschert …

Svea Kerling & J. Mertens
im Juni 2019

Schattenkind

Svea Kerling

Schattenkind

Nicht mehr als ein Schatten. Nicht mehr als ein Gefühl. Dieses Gefühl einer sanften Berührung. Wohlwollend. Beinahe liebevoll. Ein zärtliches Tippen an deiner Schulter. Du erzitterst. Dein Blut, es rauscht. Dein Kopf, er pocht. Du bist allein. Alles ist ruhig. Lausche – wenn du ganz leise bist, kannst du die Stille hören.

> In der Nacht
> Sanft und leise
> Flüstert er dir zu
> Worte mit Bedacht
> So zärtlich, warm und fein
> Deine Seele
> Noch so rein
> Deine Seele
> Bald nennt er sie Sein

Noch ein wenig Geduld. Gewähre deinen Sinnen etwas Zeit. Du wirst bald belohnt werden. Deine Augen gewöhnen sich an die Finsternis.

Habe ich es dir nicht versprochen? Die Dunkelheit, sie umgibt dich. Schmiegt sich an dich. Sie umarmt dich. Fürsorglich. Liebevoll. Deine Augen stren-

gen sich an. Sie wollen mehr sehen, doch verrate mir: Werden sie erkennen? Wirst *du* erkennen?

Diffuse Schatten, die sich langsam am gegenüberliegenden Ende des Zimmers abzeichnen. Siehst du sie? Komm, streng dich mehr an! Du blinzelst. Ihre Konturen werden schärfer. Kannst du es schon erahnen?

Du mahnst dein Herz dazu, ruhiger zu schlagen.

Du überlegst dir, warum. Warum in Gottes Namen du jetzt wach liegst und warum … warum in Gottes Namen du nicht weiterschlafen kannst. Obwohl …

Wir wollen Gottes Namen hier unerwähnt lassen. Und Gott selbst? Lassen wir ihn schlafen. Er ist müde. Auch du bist müde, drehst dich zur Seite.

Schlafen kannst du nicht, also beruhige dich und konzentriere dich auf deinen Atem. Es mag dir wohl nicht recht gelingen. Ich kann dein Herz schlagen hören. Ich sehe, wie sich deine Brust langsam hebt und verflacht. Dein Herzschlag ist zu laut.

Ich beobachte dich, du wälzt dich im Bett. Du starrst gegen die Decke. Solange du im Bett bleibst, kann dir nichts passieren. Denkst du so? Solange du nicht in die Ecke blickst, kann dir nichts passieren. Kann es nicht?

Dein Körper ist müde, doch dein Geist wacht. Welch ein mieser Verräter!

Schatten erwachen
Stimmen erbeben
Geister beseelen
Gedanken quälen
Sei ruhig, mein Kind
Ganz leis und spitz die Ohren
Gib gut acht, sonst bist du verloren

Du schimpfst dich einen Narren, bist kein Kind mehr und glaubst auch nicht an Märchen.

Ich stimme dir zu.

Du bist kein Kind. Nicht mehr.

Du glaubst nicht an Märchen. Nicht mehr.

Der Glaube, mein Kind, ist doch wahrlich nicht mehr als ein Märchen und wer glaubt denn schon an Märchen? Du doch bestimmt nicht.

Doch verrate mir: Woran glaubst du, wenn nackte Angst dich packt und sich um deine Kehle legt? In jenem Moment, in dem deine Augen sich angsterfüllt weiten. Was hat denn dein Glaube für eine Bedeutung, wenn du mit starrem Blick versuchst, die Dunkelheit zu durchbrechen? Doch nicht, um zu sehen, nein, weit gefehlt, sondern um *nicht* zu sehen. Hoffst du, das Nichts zu erkennen, wenn du es siehst?

Würde ich dir erzählen, dass …

Nein, ich möchte dich nicht beunruhigen. Es wird die Zeit kommen, wenn du diese Geschichte erzählen wirst. Es wird deine Geschichte sein. Doch wir schweifen ab. Konzentriere dich auf die Schatten. Sie beunru-

Diffuse Schatten die sich langsam am
gegenüberliegenden Ende des Zimmers
abzeichnen. Siehst du sie? Komm streng
dich mehr an. Du blinzelst. Ihre
Konturen werden schärfer. Kannst du es
schon erahnen? Du mahnst dein Herz,
dagen ruhiger zu schlagen. Du überlässt
dir warum.

higen dich. Sie starren dich an, nicht wahr? Du spürst sie, nicht wahr? Wie fühlt es sich an? Angstvoll? Irritierend? Ich entdecke die Neugier in dir, du willst mehr wissen.

Nur mit deiner Willenskraft bewaffnet, kämpfst du gegen das Rauschen in deinen Ohren. Zwingst dich dazu, Ruhe zu bewahren. Dazu, leise zu atmen. Niemand soll dich hören, doch wie so oft wendet sich dein verräterisches Herz gegen dich. Deine Sinne gehören diesen schemenhaften Gestalten, die sich just in diesem Moment auf dich zubewegen. Du erkennst sie. Du erinnerst dich. Es ist keine Einbildung. Es ist wie damals … damals als Kind.

> Damals hast du dich gefürchtet als Kind
> Hast dich versteckt
> Gehofft, dass dich niemand entdeckt
> Hab keine Angst, vertraue mir
> Diese Schatten
> Sie gehören zu dir

Unmöglich, zu entkommen. Als Kind bist du heulend vor ihnen davongelaufen. Du hast dich eingeschlossen – gewartet, bis die Schatten verschwinden.

Mein Kind, was wirst du tun, wenn die Finsternis nach dir ruft? Wie wirst du ihrer Umarmung widerstehen? Wie, wenn du ihr Verlangen schier körperlich spürst? Hör doch nur, sie ruft nach dir – die Finsternis. Sie bittet nicht. Sie gebietet. Woran glaubst du? Jetzt?

Weckt es denn nicht die Sehnsucht in dir? Das Verlangen nach mehr? Folge ihren Rufen! Welche Wahl bleibt dir schon? Ihrer Begierde entfliehen kannst du nicht. Du willst nach Hause? Meine Liebe, das *ist* dein Zuhause. *Sie* ist dein Zuhause.

Ja, verdammt, ich weiß. Ich weiß, dass du kein Kind mehr bist. Du wiederholst dich. Du bist dir sicher, dass die Schatten längst jedwede Macht über dich verloren haben. Du hast keine Angst, versuchst deine eigenen Gedanken zu lesen. Sie von der Wand zu kratzen. Du bist dabei, sie zu ordnen. Ihnen Form zu geben. Sie nehmen Gestalt an. Werden mächtiger. Ergreifen von dir Besitz. Dein Geist, er war doch eben noch wach. Wo ist er? Ist er krank geworden? Haben sie es dir damals nicht prophezeit? Sie wussten, dass es so kommen würde. Sie haben es alle gewusst. Nur du konntest nicht wissen. Hast dich gewehrt.

Wehren hat doch längst jegliche Bedeutung verloren. Wogegen wehrst du dich? Gegen das, was dir vorbestimmt ist? Du machst dich lächerlich. Du weißt, was zu tun ist. Du willst es doch. Tu es! Es ist ganz leicht. Es ist ein Geschenk. Nimm es an und jedwede Schwere aus deinen Gliedern wird verschwinden. Deine Gedanken werden aufgefangen. Einer nach dem anderen. Du wirst nach ihnen greifen. Greif zu! Begreife dich! Sie werden dir eine Geschichte erzählen und du wirst verstehen. Es ist deine Geschichte.

Ich bin es
Dein Seelenpein
Öffne die Tür, bitte mich herein
Bin dein Dunkel, bin dein Licht
Dich verlassen
Werd ich nicht

Verstecken macht doch keinen Sinn. Versuche nicht, die Dunkelheit zu überlisten, indem du dich in ihr zu verstecken versuchst. Wähle ihre Hand und nicht dein Scheitern. In welcher Nische du dich auch immer zusammenkauerst und versteckst ... was denkst du, wer ist es, der längst dort auf dich wartet? In dieser dunklen Ecke? Du kennst sie. Kennst ihr Gutenachtlied. Wie sanft sie dich stets in den Schlaf gewiegt hat. Du kannst ihre Stimme nun deutlich hören. Es ist Zeit, mein Kind. Schlaf, mein Kind, schlaf ein.

Kennst du die Nacht
All ihre Lieder?
Sie dringen an dein Ohr
Lausche
Auf dass es deine Sinne berausche
Dieses eine Lied
Du kennst es bestimmt
Hast es gehört
Damals, als Kind
Hast dich gefürchtet

Dich versteckt
Gehofft
Dass dich niemand entdeckt
Vertraue mir
Hab keine Angst
Diese Stimmen
Sie gehören zu dir

Dideldideldum
Dreh dich ja nicht um
Dunkel bring ich in dein Licht
Mich vertreiben?
Kannst Du nicht

Mein Onkel Tyron

J. Mertens

MEIN ONKEL TYRON

Man sagt, dass Erinnerungen an lange zurückliegende Ereignisse mit der Zeit verblassen und das Gehirn die Lücken mit den abenteuerlichsten Inhalten füllt, bis schließlich das tatsächliche Geschehen völlig verfremdet neu im Kopf entstanden ist. Diese natürlichen Verfälschungen der Vergangenheit seien unter anderem eine Ursache für angeblich erlebte Begebenheiten, die nur auf dem Wege der Metaphysik zu erklären sind. Es bedürfe zu einer unverfälschten Darstellung der Vergangenheit somit der Aussagen mehrerer voneinander unabhängiger Zeitzeugen.

Eine solche verfälschte Erinnerung ist möglicherweise die an meinen Onkel Tyron, denn alles, was mit den damaligen Geschehnissen zusammenhängt, erscheint mir mysteriös, unerklärlich und bizarr. Spuren oder Beweisstücke, die auf die Tatsächlichkeit dieser Dinge schließen lassen könnten, existieren nicht mehr. Onkel Tyron ist nichts als ein ungreifbarer Schatten der Vergangenheit und weder mein Vater noch meine Mutter äußerten sich bis zu ihrem Ableben irgendwie schlüssig genug, um Licht in das Dunkel seiner Existenz zu bringen.

Es ist sicherlich nicht bedeutungslos zu erwähnen, dass es sich bei Onkel Tyron höchstwahrscheinlich

nicht um meinen richtigen Onkel handelte. Jedenfalls war er nicht der Bruder eines meiner Elternteile. Doch ich war von Anfang an mit dieser Anrede vertraut und machte mir daher keine Gedanken darüber. Im Alter von vier Jahren stellt man solche Fragen nicht und fast jeder, den man zusammen mit seinen Eltern besucht, wird irgendwie als Onkel oder Tante vorgestellt, was vermutlich den Hintergrund hat, Kindern die Dinge so unkompliziert wie möglich nahezubringen.

Dass Onkel Tyron in keinem Verwandtschaftsverhältnis zu uns stehen konnte, war schon allein an seiner Erscheinung zu erkennen. Er hatte fast schon etwas Puppenhaftes an sich, etwas Unheimliches, das mich in kurioser Weise an die Pappmachéfiguren in der Geisterbahn auf dem Jahrmarkt erinnerte und beinahe konnte man den Eindruck bekommen, gar kein menschliches Wesen vor sich zu haben. Sein Kopf war kahl, wobei sein Kinn spitz nach unten zulief und seinem Haupt damit annähernd die Form eines Luftballons verlieh. Er hatte sehr kleine Ohren, deren Formen nur angedeutet erschienen. Das Gleiche galt für seine Nase, die sehr flach war und pfeilförmig nach unten zeigte. Auch seinen Mund erkannte ich nur als dünnen Strich, der sich beim Sprechen kaum öffnete, obwohl seine Stimme sehr klar und deutlich zu vernehmen war. Das Seltsamste an ihm waren jedoch seine Augen, die sich im Gegensatz zu den anderen Elementen seines Gesichtes riesengroß aus ihren Höhlen hervorho-

ben und kaum Lider erkennen ließen. Die Augäpfel waren schneeweiß und aderlos. Eine Iris fehlte völlig, lediglich die pechschwarzen Pupillen stachen aus ihnen hervor. Wenn er einen ansah, schienen die schwarzen Punkte asynchron innerhalb von Sekunden leicht zu wachsen und wieder zu schrumpfen, was ihnen einen hypnotischen Ausdruck verlieh. Dies passte zu den oft sonderbaren Sachen, die er erzählte. Ansonsten fiel auf, dass er sich, obwohl er offenbar ein Einzelgängerdasein pflegte, stets hochgeschlossen mit Schlips und Anzug präsentierte; ein vornehmer, aber eher hässlicher Vertreter, der mich jedoch irgendwie stets faszinierte und immer aufs Neue in seinen Bann zog.

Trotz all dieser optischen Widerwärtigkeiten kann ich jedoch nicht behaupten, dass Onkel Tyron jemals schlecht zu mir gewesen wäre. Im Gegenteil zeigte er mir gegenüber zu jeder Zeit eine ganz besondere Freundlichkeit. Er hatte stets Geschenke für mich, bei denen es sich in den meisten Fällen um Spielsachen handelte, die ich noch nie zuvor gesehen hatte. Da ich diese Dinge auch nicht aus Katalogen oder Schaufenstern kannte, wunderte es mich oft, von wo er diese Objekte bezog. Es waren auch keineswegs irgendwelche Figuren, wie man sie zuhauf in den Regalen der Spielzeugläden fand, sondern zumeist eher wissenschaftlich orientierte Artikel, mit denen man sehr erstaunliche Dinge tun konnte. Einmal bekam ich beispielsweise ein kleines Röhrchen mit einer Plastiklinse an einem

Ende. Wenn man es auf einen Menschen richtete und hindurchsah, konnte man dessen Innenleben sehen. Je nachdem, wie man die Augen anstrengte und fokussierte, war es damit sogar möglich, die Tiefe dieses Röntgenblickes selbst zu steuern. Ein anderes Mal schenkte er mir eine Art Fotoapparat, der nicht nur starre Bilder aufnahm, sondern bis zu zehn Sekunden der fotografierten Szene speicherte, die auf dem fertigen Foto wie in einem Film abliefen. Doch all diese wundersamen Gegenstände hatten eines gemeinsam: Sie hielten im Höchstfall bis zu zwei Wochen. Es war aber nicht etwa so, dass sie nach dieser Zeit einfach kaputt waren und nicht mehr funktionierten – nein, sie *zerfielen* regelrecht und der in letzter Instanz übrig gebliebene Staub löste sich auf. Danach war es, als hätte es diese Spielzeuge nie gegeben.

Auffällig war, dass Onkel Tyron uns niemals zu Hause besuchte. Es waren immer *wir*, die in regelmäßigen Abständen zu *ihm* kamen. Überhaupt schien er eine immense Abneigung dagegen zu haben, seine vier Wände zu verlassen. Er wohnte in einem abgeschiedenen Haus am Stadtrand, und ich kann mich nicht erinnern, ihn jemals außerhalb dieses Gebäudes gesehen zu haben. Selbst bei unserem Eintreffen erwartete er uns stets im Foyer mindestens fünf Meter von der Haustür entfernt. Dennoch war sein Garten sehr gepflegt und ich vermutete daher, dass er einen Gärtner angestellt hatte. Für die täglichen Besorgun-

gen war sicherlich ebenfalls Personal von außerhalb zuständig.

Wenn wir Onkel Tyron besuchten, was normalerweise alle zwei Monate angesetzt war, bekam ich bereits zwei Tage zuvor besondere Verhaltensmaßregeln seitens meiner Eltern übermittelt: keine Aufmüpfigkeit oder anderes schlechtes Benehmen, keine Widerworte und dergleichen. Aus irgendeinem Grund schienen sie mich immer rechtzeitig auf unseren Besuch vorbereiten zu wollen, und es war ihnen augenscheinlich sehr wichtig, dass ich mich dort besonders gut benahm, als hinge etwas sehr Bedeutendes davon ab. Manchmal hatte ich sogar den Eindruck, dass der Hintergrund dieser Instruktionen in einer diffusen Angst begründet war, wobei sich mir der Ursprung dieser möglichen Furcht nicht erschloss.

Auch unsere Besuche selbst waren augenscheinlich nicht rein freundschaftlicher Natur. Es war nie die Stimmung vorhanden, die man verspürte, wenn man regelmäßig Verwandte oder Bekannte besuchte. Es wurde zwar über dieses und jenes gesprochen, vieles davon waren die üblichen Belanglosigkeiten, und es gab auch stets Kaffee und Kuchen, obwohl Onkel Tyron davon selbst nie etwas zu sich nahm, aber über allem lag immer ein merkwürdiger emotionaler Schatten – fast könnte man sagen: etwas *Bedrohliches.* Hinzu kam, dass Onkel Tyron im Laufe des Tages Einzelgespräche mit meinem Vater und meiner Mutter in ei-

nem anderen Zimmer führte. Diese Unterredungen, über deren Inhalt ich nie in Kenntnis gesetzt wurde, dauerten jeweils bis zu einer halben Stunde, während der ich mit neuen »Spielsachen« beschäftigt war. Wenn meine Eltern dann wieder aus dem Raum herauskamen, machten sie meistens einen verstörten und eingeschüchterten Eindruck, während Onkel Tyron ihnen lächelnd folgte. Ich empfand das zu dieser Zeit zwar als eigenartig, doch es handelte sich meiner Meinung nach halt um Erwachsenengespräche, bei denen ich in meiner kindlichen Unbeschwertheit ohnehin nicht mitreden konnte. So machte ich mir keine weiteren Gedanken darüber.

An einem verschneiten Wintertag spielte sich dies jedoch ein wenig anders ab. Ich litt an einem grippalen Infekt, hatte Fieber und war völlig verschnupft und verhustet. Dennoch bestanden meine Eltern auf den Besuch. Durch die Krankheit war ich verständlicherweise schlecht gelaunt und in einem Zustand, den sie dann als »quengelig« oder »twersch« bezeichneten. Und genau das machte sich im Haus von Onkel Tyron natürlich besonders bemerkbar, denn ich wollte eigentlich nur wieder nach Hause. Ich jammerte herum, fing gelegentlich an zu weinen und spielte voll und ganz das störrische Kind. Auch Onkel Tyrons Beschwichtigungsversuche halfen nichts – im Gegenteil. Ich vergaß alle üblichen Verhaltensmaßregeln seitens meiner Eltern und gab auch ihm ordentlich Kontra.

Dass Enkel Tyron in keinem
Verwandtschaftsverhältnis zu uns stehen
konnte, war schon allein an seiner
Erscheinung zu erkennen. Er hatte fast
schon etwas Puppenhaftes an sich, etwas
Unheimliches, das mich in kurioser Weise
an die Puppenmachespuren in der
Geisterbahn auf dem Jahrmarkt erinnerte.

Das führte schließlich dazu, dass ich ihn zum ersten Mal sehr verändert erlebte. Er funkelte Vater und Mutter mit seinen ohnehin bedrohlichen Augen an und gab zu verstehen, dass er sich doch mal mit ihnen unterhalten müsse. Dann folgte eine dieser Unterredungen, nur mit dem Unterschied, dass meine Eltern dieses Mal zusammen mit ihm hinter der Tür verschwanden. Eine Viertelstunde hörte ich nichts, doch als sie wieder zurück ins Wohnzimmer kamen, zog Vater ein Bein seltsam nach, während sein Gesicht von Schmerzen verzerrt war. Mutter hingegen war am Weinen und hielt sich ein Tuch vor das linke Auge. Onkel Tyron, der irgendwie besonders leise und konzentriert die Tür hinter ihnen schloss, zeigte einen erhabenen und herrischen, fast schon gebieterischen Gesichtsausdruck. Er wies meine Eltern an den Tisch zurück. Sie alle drei setzten sich, und Onkel Tyron fing ein offenbar völlig belangloses Gespräch an. Worum es ging, entzieht sich meiner Erinnerung, aber es waren völlig triviale Themen. Er erzählte und stellte zwischendurch Fragen, die seitens meiner Eltern nur durch Kopfnicken oder -schütteln beantwortet wurden. Ich war zu geschockt, um meine Trotzigkeit fortzusetzen. Ohnehin fühlte ich mich irgendwie schuldig an der Situation.

Was mit Vaters Bein passiert war, wurde ich nie wirklich gewahr, aber es dauerte Wochen, bis er wieder richtig laufen konnte. Meine Mutter trug längere

Zeit eine dunkle Sonnenbrille, damit niemand ihr Auge sah. Als ich sie jedoch einmal im Profil betrachtete und hinter die Brille sehen konnte, bemerkte ich, dass ihr Augapfel grün angelaufen war.

Doch auch diese offenbar schmerzhafte Unannehmlichkeit ging vorbei, bis wir unseren nächsten Besuch bei Onkel Tyron antraten. Aber ich wagte es nie wieder, mich schlecht zu benehmen.

Mit der Zeit veränderte sich etwas am Verhältnis zu Onkel Tyron, auch seitens meiner Eltern. Sie sprachen nicht mit mir darüber, aber ich bemerkte ihr seltsames Verhalten. Sie saßen von Zeit zu Zeit zusammen und flüsterten, redeten über irgendwas sehr Ernstes, und ich schnappte zwischendurch einzelne Wortfetzen auf, aus denen ich schließen konnte, um wen es dabei ging. Es war die Rede davon, dass etwas nicht mehr rückgängig zu machen sei und dass es nur eine einzige Chance geben würde, die nicht verspielt werden dürfe. Vater telefonierte in dieser Zeit auch oft und hielt dabei seine Hand stets über die Sprechmuschel, damit ich nicht mitbekam, worum es genau ging. Sowohl Vater als auch Mutter machten einen sehr nervösen Eindruck bei all dem. Sie schienen etwas zu planen, was im Falle des Scheiterns verheerende Konsequenzen nach sich ziehen würde. Und sie setzten alles daran, mich aus der Sache herauszuhalten.

Diese mysteriösen Vorbereitungen dauerten knapp zwei Wochen, dann entwickelten sich die Dinge

plötzlich rasend schnell. Meine Großmutter kam zu Besuch, um auf mich aufzupassen, denn meine Eltern mussten für ein paar Stunden fort. Wohin sie fuhren, sagten sie nicht, doch sie beteuerten ausdrücklich, ich müsse mir keine Sorgen machen. Allerdings verriet ihr Gesichtsausdruck dabei eine deutliche Skepsis und auch Großmutter erschien mir während ihrer Abwesenheit nicht sehr hoffnungsfroh. Sie ließ mich keine Sekunde aus den Augen, schaute immer wieder zum Fenster hinaus, prüfte das Schloss der Haustür und horchte bei ihrer Meinung nach ungewöhnlichen Geräuschen im Haus erschreckt auf. Die ganze Atmosphäre war von einer seltsamen Spannung erfüllt und als meine Eltern nach zwei Stunden immer noch nicht zurückgekehrt waren, wurde meine Großmutter sichtlich nervös. Sie fing an, ohne ihre bisherigen Kontrolltätigkeiten in der Wohnung auf und ab zu laufen. Dabei versuchte sie vergeblich, sich mir gegenüber nichts anmerken zu lassen, setzte immer wieder ein gekünsteltes Lächeln auf und redete belangloses Zeug. Das Zittern in ihrer Stimme konnte sie dabei jedoch nicht unterdrücken.

Draußen dämmerte es bereits, als sich ein Motorengeräusch dem Haus näherte und. Als ich aus dem Fenster schaute, sah ich das Licht zweier Autoscheinwerfer, die zweifellos zum Wagen meiner Eltern gehörten. Als diese aus dem Fahrzeug ausstiegen, hörte ich Großmutter erleichtert seufzen. Dennoch war die

Situation nicht gerade von wirklicher Freude gekrönt. Auch wenn ich aus den kryptischen Informationen, die meine Eltern meiner Großmutter gaben, heraushören konnte, dass wohl alles weitgehend geklappt hatte – was auch immer –, wurde alles von einer merkwürdigen Hektik begleitet. Vater hielt mich an, die nötigsten Dinge einzupacken, weil wir angeblich sofort von hier verschwinden mussten. Ich stopfte mit Großmutters Hilfe umgehend einige meiner Lieblingsspielzeuge in eine Sporttasche. Mutter stellte schnell ein paar Lunchpakete zusammen und Vater plünderte die Haushaltskasse. Dann verließen wir unser Zuhause und fuhren mit quietschenden Reifen davon.

Wir mieteten uns mitten in der Nacht in einem Hotel ein, das über 300 Meilen entfernt war. Doch auch hier, weit weg von unserem Heimatort, schienen sich meine Eltern nicht wirklich sicher zu fühlen. Immer wieder sahen sie zum Fenster hinaus, achteten auf ungewöhnliche Geräusche auf dem Hotelflur und führten scheinbar unsinnige Handlungen aus, um sich abzulenken. An Schlaf war in dieser Nacht nicht zu denken.

Nachdem wir jeden Tag die Unterkunft gewechselt und uns dabei immer weiter von unserem eigentlichen Zuhause entfernt hatten, bezogen wir eine gute Woche später ein neues Haus. Auffällig war an diesem Anwesen, dass es sich in der Nähe einer Polizeidienststelle befand; Streifenwagen fuhren fast durchgehend

die Straße auf und ab. Vater ließ unseren alten Hausstand nicht hierher nachliefern. Es sei zu gefährlich, sagte er. Möglicherweise würde der Möbelwagen verfolgt werden, und dann sei alles umsonst gewesen. Es war mir schon damals klar, dass die neue Möblierung sowie alles andere, was wir neu kauften, ein Vermögen gekostet haben musste. Doch diese Option war meinen Eltern augenscheinlich lieber, als sich diesem mir unbekannten Risiko auszusetzen; einem Risiko, das sogar einen falschen Namen an Briefkasten und Türklingel begründete.

Mit der Zeit kehrte die Normalität wieder zurück, und nach ein paar Wochen nahm die Nervosität meiner Eltern ab. Doch es wurde mir gegenüber nie ein Wort über die seltsamen Geschehnisse verloren. Sprach ich über Onkel Tyron, wurden mir nur ausweichende Antworten gegeben. Die einzige klare Information, die mir zuteil wurde, bestand in der Aussage, dass ich ihn nie wiedersehen würde und am besten vergessen sollte.

Und so war es auch – Onkel Tyron, wer immer er gewesen war, gab es in meinem Leben nicht mehr. Er wurde mit der Zeit zu einer seltsam verblassenden Erinnerung, und alle Mysterien, die mit ihm verbunden waren, nahmen meine Eltern mit ins Grab. Nach all den Jahrzehnten ist mein Bild von ihm sicherlich von Fehlinterpretationen getrübt und Traumbilder und Phantasien haben die Lücken in meinem Gehirn aus-

gefüllt. Dennoch kann ich die Zeit, in der er zweifellos eine so große Rolle in unserer Familie gespielt hatte, nicht wirklich vergessen. Ein merkwürdiger Drang ruft mir diesen eigenartigen Menschen, diese *Kreatur*, immer wieder ins Gedächtnis zurück.

So machte ich mich irgendwann schließlich auf eine Reise zurück in die Vergangenheit oder das, was von ihr noch übrig war. Ich besuchte meinen Geburtsort, um Spuren der damaligen Ereignisse so gut wie möglich zu rekonstruieren. Dieses Unterfangen unterwies sich jedoch schon bald als aussichtslos. Die Leute, die nach unserer Flucht in das alte Haus meiner Eltern eingezogen waren, kannten zwar noch meinen Namen, aber über die Umstände, die zu unserer Abreise geführt hatten, wussten sie nichts. Sie waren damals aus einer anderen Stadt zugezogen und hatten das Haus regulär über einen Makler erworben. Sie standen in keinem Verhältnis zu meiner Familie.

Ich versuchte also, mir stattdessen den Weg zu Onkel Tyrons Anwesen in Erinnerung zu rufen. Dies gelang mir schließlich nach einer kleinen Odyssee, die mit einigen offensichtlichen Umbaumaßnahmen zusammenhing, die dieser Ort zweifellos hinter sich hatte – einige Straßen waren aufgelöst worden, andere waren hinzugekommen. Doch schließlich stand ich vor dem Grundstück, das in meiner Kindheit einen so hohen Stellenwert eingenommen hatte. Das Haus selbst war jedoch nicht mehr vorhanden. Es war wohl

irgendwann abgerissen worden, um einem moderneren Gebäude Platz zu machen.

Die Bewohner waren recht freundliche Eheleute, schätzungsweise in ihren Sechzigern. Sie baten mich auf eine Tasse Kaffee herein und beantworteten meine Fragen, soweit sie dazu in der Lage waren, sehr freimütig. Über den Vorbesitzer des Grundstücks und des alten Hauses konnten sie jedoch keine Angaben machen, weil sie ebenfalls damals zugezogen waren. Doch als Datum des Baubeginns ihres Hauses gaben sie mir einen Tag an, der gerade mal eine Woche auf unsere Flucht folgte. Und sie waren sichtlich überrascht, als sie von mir hörten, dass sieben Tage zuvor noch das andere Gebäude hier gestanden haben sollte. Als sie das Grundstück gekauft hatten, so sagten sie, sei es eine wilde Wiese gewesen, auf der keinerlei Spuren eines Abrisses sichtbar gewesen waren.

Diese Aussage machte mich stutzig und so machte ich mich auf den Weg ins Rathaus, um dort beim städtischen Bauamt nähere Informationen einzuholen. Der zuständige Beamte zögerte zunächst mit seinen Antworten, gab sich dann jedoch einen Ruck und teilte mir mit, was er wusste. Es waren spärliche Angaben, die mich jedoch auf überwältigende Weise an Onkel Tyrons »Spielzeuge« erinnerten: Der Mann sagte, das Haus sei von einem auf den anderen Tag plötzlich eingestürzt, und die herumliegenden Trümmer seien augenblicklich zerfallen. Zurückgeblieben sei nichts als

Staub, der noch in derselben Nacht fortgeweht worden war. Einen Tag später sei das Grundstück schon mit Gras und Unkraut zugewachsen gewesen. Kopfschüttelnd gab er an, für dieses seltsame Phänomen keine Erklärung zu haben, und es fiele ihm daher schwer, offen darüber zu sprechen; immerhin sei er Beamter und wolle nicht für unzurechnungsfähig erklärt werden.

Ich versicherte ihm, kein Wort darüber zu verlieren und fragte ihn noch nach dem Vorbesitzer des Anwesens. Über diesen konnte er nicht viel sagen, doch ich hatte eher den Eindruck, dass er es nicht *wollte*. Er gab nur an, dass es sich um einen geheimnisumwitterten alten Mann gehandelt habe, der in der Nacht des Einsturzes plötzlich verschwunden war. Alle Leute in der Stadt mieden ihn, und nur wenige hatten ihn je zu Gesicht bekommen. Seit das Haus sich förmlich aufgelöst hatte, war konsequent Stillschweigen über die Sache bewahrt worden, und da die alten Stadtväter größtenteils nicht mehr lebten, sei man in dieser Angelegenheit ohnehin nur noch auf Vermutungen und Gerüchte angewiesen. Mit diesen Worten komplementierte er mich schließlich freundlich hinaus.

Ich befragte noch einige ältere Einwohner des Ortes, doch außer Ausflüchten oder vermeintlichem Unwissen kam nichts dabei heraus. Meine Nachforschungen führten letztendlich ins Leere. Am späten Abend verließ ich schließlich mit mehr Fragen als Antworten meine alte Heimatstadt.

Onkel Tyron blieb für immer das Geheimnis meines Lebens – ein unwirkliches Traumbild in meinem Kopf. Wenn es ihn jemals in der Form gegeben hat, wie ich ihn noch vor mir sehe, so ist er schon lange in einer Weise fort, als habe er niemals gelebt. Der einzige Onkel Tyron, der noch existiert, ist der in meiner Erinnerung. Doch diese kann, wie schon gesagt, sehr trügen.

Um ehrlich zu sein: Ich hoffe darauf. Denn wenn meine Erinnerungen die Wahrheit widerspiegeln sollten mit all ihren Verknüpfungen und Konsequenzen, dann müsste ich mir eingestehen, dass wir in unserer Wirklichkeit dunklen Mächten schutzlos ausgeliefert sind. Und davor entwickle ich zunehmend eine gewisse Angst; eine Angst, die ich noch nicht einmal mit vier Jahren verspürte.

Der Krähenmann

Svea Kerling

DER KRÄHENMANN

I. Wo ist denn nur die Zeit geblieben?

Ein lautes »Krah«, hoch in den Baumwipfeln einer gewaltigen Platane, beendete das Geplänkel der Jungvögel. Von ihrem Vorrecht, trotzköpfig zu sein, würden sie jedoch nicht widerstandslos ablassen. Ich beobachtete sie eine Weile bei ihrer Absicht, die alte Krähe ihres Thrones zu verweisen. Ich hatte es mir unter dem alten Baum gemütlich gemacht, bereit dazu, meiner Verlobten einen Antrag zu machen. Ich hatte die Picknickutensilien akkurat ausgebreitet, den Korb mit Leckereien und edelstem Wein aus meinem Keller gefüllt und vertraute auf die Pünktlichkeit meiner Liebsten. Ich gebe natürlich zu, dass ich ihr, wie jeder schönen Frau, eine gewisse Unpünktlichkeit nicht übel nehmen würde. Vielmehr ich ihr diese zugestand, sogar erwartete.

Ich suchte den Himmel ab. Zwei Jungvögel flogen mit Verstärkung eine neue Formation. Es waren nunmehr vier, die lautstark ihr Vorhaben ankündigten. Unter gegenseitiger Befeuerung, so schien es, flogen sie die Platane an. Gewillt, der alten Krähe Furcht zu lehren. Darauf erpicht, mit jugendlicher Dreistigkeit den alten Vogel von seinem Ausguck zu vertreiben. Die Baumkrone war zu dicht, als dass ich die Gescheh-

nisse genau wiedergeben könnte, doch schlussendlich vernahm ich ein wiederholtes tiefes »Krah«, worauf die Jungkrähen unverrichteter Dinge Reißaus nahmen – unter unüberhörbarer Äußerung ihres Unmuts.

Eine Weile saß ich noch da, friedlich sinnierend über die Vergänglichkeit und den stetigen Wandel des Lebens, als plötzlich auch ich es den Jungtieren nachmachen wollte und mir ein Reißaus als die einzige sinnvolle Reaktion auf mein Gegenüber schien. Vor mir auf der Decke hatte eine Krähe Platz genommen. Größer und noch dunkler als alle Krähenvögel, die mir bis zum heutigen Zeitpunkt untergekommen waren. Nun, ich weiß nicht, was es denn noch Schwärzeres gäbe als tiefes Schwarz ... wie ich es verständlich benennen sollte. Ein Schwarz – so tief, dass es zunächst nicht als Farbe klar erkennbar war. Beinah wie ein alles verschlingender Schlund. Ich rieb mir die Augen. Kein Zweifel, vor mir saß ein Vogel. Wahrscheinlich wäre ein des Weges gekommener Spaziergänger in der falschen Annahme gewesen, es handle sich um einen kleinen Menschen mit Hut und einem Monokel auf einer großen Nase. Einen Mann mit kurzen Beinen, vielleicht einen Krüppel. Vielleicht würde er sich wundern, wo denn bloß der Rollstuhl dieses kleinen Mannes geblieben war. Hätte der Spaziergänger mich danach gefragt, ich wäre ihm die Antwort schuldig geblieben, denn vor mir saß eine Krähe. Ein großer schwarzer Vogel mit Homburg und Monokel. Ohne

Rollstuhl, dafür mit kurzen Beinen. Ein Rollstuhl wäre auch nicht vonnöten gewesen – er konnte sich seiner Flügel bedienen.

Stutzig und meiner Sinne im Unklaren schielte ich auf meine Flasche Wein. Ich drehte sie in alle Richtungen und stellte sie wieder gerade hin. Die Weinflasche war verschlossen. Der Korkverschluss steckte. Doch das wusste ich schnell zu ändern, denn mir wäre kein besserer Zeitpunkt für ein Gläschen Wein eingefallen. Ich schenkte mir das Weinglas voll und leerte es in einem Zug.

»Vorsicht, Alkohol kann die Sinne trügen.«

Konnte es wirklich am Wein liegen? Wenn ich so recht überlegte, hing im Abgang ein Aroma fest, das mir nicht zwingend ausgewogen schien. Humbug, der Wein war in Ordnung. Der Wein war aus meinem Weinkeller, von guter und edler Qualität. Was plapperte der komische Kauz für einen Unsinn? Meine Sinne zumindest waren vollends in Ordnung. Ein Gläschen Wein würde mich nicht von der Realität fernhalten.

Der Blick meines gefiederten Gegenübers wanderte zwischen dem geleerten Weinglas in meiner Hand und der Flasche, die ich wieder im Korb platziert hatte. Sein Vogelkopf kam näher. Ich fixierte einen Punkt zwischen seinen dunklen Augen, um nicht gänzlich meinem verschwommenen Gesichtsfeld zum Opfer zu fallen. Sein Schnabel war nurmehr einen Fingerbreit von meiner Nase entfernt. Leicht neigte er seinen Kopf

nach links. Durch sein Monokel konnte er ganz tief in mein Gehirn sehen. Davon war ich überzeugt. Ich hoffte inständig, dass er nicht seinen Schnabel dazu benutzen würde, meine Schädeldecke aufzubrechen und den Inhalt herauszupicken. Nein, der Wein war in Ordnung. Ich musste wohl einer Art von Fieber zum Opfer gefallen sein und würde an Spanischer Grippe oder an Cholera sterben.

»Neulich las ich in der *Londoner Times* über mehrere Giftmorde. Haben Sie schon etwas davon gehört?«

Vielleicht ging ich just in diesem Moment an einer Lungenentzündung zugrunde. Und das Beste war: Ich hatte keine Schmerzen in meinem Delirium. Mein Bewusstsein musste immens getrübt sein, ich verfiel zusehends obskuren Wahnvorstellungen.

»Aber nicht doch, Sie sind nicht krank. Verfallen Sie nicht diesem Trugschluss. Seien Sie getrost, Ihr Verstand funktioniert. Warum sonst würde jemand wie ich mit Ihnen ein Schwätzen abhalten wollen?«

Jemand wie eine überdimensionale Krähe, überlegte ich.

»Ja, warum wohl?«, säuselte ich. Ich wusste mir nicht anders zu helfen, als beherzt zur Flasche zu greifen.

»Zu einem guten Tröpfchen würde ich nie nein sagen.«

Natürlich, wo waren bloß meine Manieren geblieben? Ich entschied mich dazu, in diesem grotesken Schauspiel aktiv mitzuwirken. Kein Gesetz der Welt hatte jemals verboten, aktiv eigene Halluzinationen mitzubestimmen. Oder falls ich doch gerade dabei

war, das Zeitliche zu segnen, warum dann nicht in gefiederter Gesellschaft? Womöglich war der einzige Irrglaube der, an Gott zu glauben, an seine Engel und den Teufel. Vielleicht war der Tod nichts mehr als ein Vogel mit Hut und Monokel.

»Wohlan, mein gefiederter Freund.«

Ich schenkte ein und reichte ihm das Glas.

»Mit Verlaub.«

Der Vogel gestikulierte verzweifelt mit seinen Flügeln.

»Ich dummer Narr!«

Ich hob das Glas, neigte es etwas schräg zu seinem Schnabel, sodass er in der Lage war, diesen auch darin zu suhlen. Seine glucksenden Laute klangen zufrieden.

»Ein sehr feines Tröpfchen.«

Ich nickte.

»Ja, ein besonderer Jahrgang. Reifer.«

»So wie ich«, scherzte der Vogel, »um nicht zu sagen: alt.«

Ich prostete ihm zu: »Salute! Je älter, desto besser.«

»Der Wein?«

»Der auch«, erwiderte ich.

Wir lachten beide. Aus mir unerklärlichem Grunde ertappte ich mich dabei, mich für meine vorangegangene Missinterpretation zu schämen. Zumindest bekam ich einen flauen Magen bei dem Gedanken, meinen Trinkkumpanen einen Krüppel geheißen zu haben.

»Es lag nicht in meiner Absicht, zu spionieren. Die dichte Baumkrone hatte mir ohnehin die Sicht versperrt. Nicht, dass ich sonst spioniert hätte, oder …«,

ich rang nach Worten und zugegeben nach etwas Luft, »das waren doch Sie, da oben in der Platane?«

Die Krähe zupfte mit ihrem Schnabel eine Flügelfeder zurecht und murmelte fast teilnahmslos: »Ich?«

»Ja, diese Bande junger Krähen …«

»Oh ja, gewiss. Das waren meine Neffen, die junge Brut. Ständig ärgern sie mich. Sie machen sich ein Spiel daraus. Doch ich mache mir den Vorteil des Alters zunutze und bin in der glücklichen Lage, dem Idealismus entsagen zu können. Wenn schließlich die Zeit reif ist«, sein Blick zielte auf den Wein, »räume ich aus freien Stücken den Platz.«

»Noch Wein?«

»Sehr gerne, er mundet vorzüglichst. «

»Das freut mich sehr. Sie sagen, es wären Ihre Neffen?«

»Ja, die Kinder meiner Schwester. Ein besonders ungehobelter Haufen.«

»Da kann man wohl nichts machen.«

Der Vogel machte einen Schritt zurück.

»Aus Jung wird Alt. Aus Alt wird Zeitlos. Ohne Zeit, was hätte dann die Unendlichkeit noch für eine Bedeutung?«

Mein Gesprächspartner gefiel mir. Einem philosophischen Diskurs war ich noch nie abgeneigt. Dazu ein Gläschen Wein, oder auch zwei. Ich drehte die Flasche vor seinen Augen. Und auch mir drehte sich alles vor Augen. Ich schüttelte den Kopf in der Hoffnung einer sich einstellenden Besserung.

Kein Gesetz der Welt hätte jemals verboten über eigene Halluzinationen mitzubestimmen. Oder falls ich doch gerade dabei war, das Göttliche zu sehen warum dann nicht in gefiederter Gesellschaft? Womöglich war der einzige Irrglaube der, an Gott zu glauben an seine Engel und den Teufel.

»Aber nur noch ein Schlückchen für mein Schnäbelchen, sonst dreht sich mein Köpfen.«

»Es ist ohnehin nicht mehr viel übrig. Die Flasche ist nahezu leer«, entgegnete ich.

»Wollen wir den Rest nicht verachten. Worauf wollen wir trinken?«

Ich überlegte nicht lange: »Auf die Zeit, die uns noch bleibt. Auf die gute Zeit, die mit gutem Wein gleichsam zur Neige geht.«

»Der Wein mag wohl zur Neige gehen, doch nicht die Zeit.«

Ich schüttele den Kopf. Vehementer als meinem Zustand zuträglich. Mir wurde für einen Moment schwarz vor Augen. Ein Schwarz, dem Krähengefieder gleich, doch das gab sich wieder.

»Doch, mein Vogelfreund, ich weiß, dass …«

»Nicht so hastig, Mensch. Über die Zeit zu diskutieren ist wie der Unendlichkeit Grenzen setzen zu wollen. So wollen wir unsere letzten Gläschen auf die Zeit erheben.«

Die leere Flasche warf ich achtlos in die Wiese.

»Salute!«

»Erzählen Sie doch, guter Mann, was führt Sie denn an dieses schöne Plätzchen? Doch nicht das Vorhaben, meine Neffen bei ihrem Unfug zu beobachten. Ich sehe wohl ein Gedeck für zwei, doch leider nichts, das meinem Schnabel und meinem Magen zuträglich wäre.«

»Die Liebe führt mich hierher. Eine Frau, jung und anmutig. Schön und aus gutem Hause. Kein graues

Haar, das sich um ihr so sanftes Gesicht gelegt hätte. Lebendige Augen, die den Sternen ihr Licht stehlen.«

Ich konzentrierte meine Gedanken und war bemüht, nicht in ein peinliches Lallen zu verfallen. Der Wein hatte seine Wirkung nicht verfehlt.

»Erzählen Sie doch weiter.«

»Durch unbarmherziges Schicksal jung verwitwet, doch mit dem unbeugsamen Willen, sich der Grausamkeit des Lebens nicht zu ergeben. Sie ist wohl das schönste Weib, das mir je begegnete … und mir zugetan. Mir ganz allein. Mir, vor dem das Leben schon längst die Tür verschlossen hatte. Mir, dem der Tod seit geraumer Zeit Einladungen schrieb. Er schrieb sie wohl mit schwarzer Feder und schwarzer Tinte …« Ich zeigte mit der Hand auf das zutiefst schwarze Federkleid meines Zuhörers. »Ich … ich habe mein klägliches Leben mit Wein und Spiel zugebracht und ich bin es auch, der nunmehr in Liebe entfacht.« Ich zögerte kurz. »Das ganze Erbe ist meinem unredlichen Lebenswandel zum Opfer gefallen … nunmehr muss ich die Zeit, die mir bleibt, nutzen.«

»Zeit ist nutzlos. Sie ist weder übellaunig noch kommt und verlässt sie jemanden nach Belieben. Jedwedes Dasein kümmert sie nicht. Über unser Dasein hier auf Erden schert sie sich nicht.«

»Werter Vogel, so schenken Sie mir dennoch ein wenig Ihrer Zeit. Meine eigene wird bald kommen. Zu denken, man hätte alle Zeit der Welt, ist doch auch nur ein Vorrecht der Jugend.«

Der Krähe entging nicht mein schwächelnder Geist.

»Wenn es denn als Geschenk angedacht ist, so nehmen Sie mein Geschenk. Es ist von Herzen. Halten Sie die Zeit in sich fest.«

Mein Versuch zu Lächeln mag wohl eher einer entstellten Grimasse geähnelt haben.

»Dieses junge Frauenzimmer muss es Ihnen wohl angetan haben. Ihr Bestreben, die Zeit aus ihren Angeln zu heben, findet meine Bewunderung.«

»Geangelt habe ich in früherer Zeit viel: Fische, Meerjungfrauen. Jungfrauen …«

Der Krähenmann sträubte sein Gefieder.

»Ich denke wohl, dass ich mich geirrt habe. Ich sehe, die Zeit ist gekommen. Sie wird von Ihrer Seite weichen … und ich werde es ihr gleichtun. Es war mir eine Ehre. Nun, schlafen Sie gut.«

Meine Augen wurden müde. Das letzte, für das Zeit blieb, war ein Blick zu meiner so Geliebten. Ich sah sie durch einen Nebelschleier. Wild gestikulierend. Sie rief mir etwas zu. Sie schien völlig außer sich. Sie rang nach Luft und nach Worten. Ich blickte mich kurz um, ob sie wohl mein neuer Freund erschreckt hätte, doch da war kein Krähenmann. Ich hörte lautes Krähen in den Baumwipfeln.

Ich spürte Genovevas weiche Hände auf meiner Wange. Sie streichelten mich, während ich mich zu Boden fallen ließ. Die Erde war weich. Ich würde hier schlafen. Für immer.

II. Das Geständnis

»Und Sie gestehen alle drei Morde? Sie gestehen, Ihre Ehegatten vergiftet zu haben?«

»Ja.« Die Frau nickte.

»Auf Sie wartet der Galgen, ohne Aussicht auf Begnadigung.«

Wieder nickte die junge Frau.

»Warum, wenn Sie mir die Frage erlauben, warum haben Sie gestanden?«

»Ich habe ihn geliebt. Ich wollte nicht, dass er stirbt. Er hat mich nicht gehört. Diese verdammten Krähen waren so laut. Es war die falsche Flasche. Es war der falsche Wein. Ein fataler, unverzeihlicher Fehler.«

»Sie werden alsbald dem Haftrichter vorgeführt. Nutzen Sie die Zeit, die Ihnen bleibt, um über Ihre Taten nachzudenken.«

Genoveva lächelte. Der Inspektor war verdutzt. Die junge Frau schien keineswegs traurig, bestürzt oder gar besorgt ob ihrer nahen Zukunft. Die wenige Zeit, die ihr noch blieb, kümmerte sie nicht.

»Wissen Sie, Herr Inspektor, die Zeit … die Zeit ist für die Toten da.«

NOĆ I MRAK

Es ist noch dunkel, wenn ich auf dem Weg zur Arbeit im Bus sitze. Eine knappe Stunde Fahrt durch das Ende der Nacht. Im Fahrzeug selbst herrscht tiefes Schweigen und ich habe das Gefühl, angestarrt zu werden. Die anderen Fahrgäste mit den ach so gleichen Gesichtern – was geht in ihren Gehirnen dahinter vor? Ist ihnen der in Schwarz gekleidete Kerl mit dem griesgrämigen Gesichtsausdruck suspekt? Jeden Morgen der gleiche Film noir.

Man sagt, Schwarz sei gar keine Farbe, sondern lediglich die tiefste Abstufung aller Farbtöne. Mag sein – es interessiert mich nicht. Es ist für mich schlichtweg unerheblich, wie das Objekt meiner Begierde wissenschaftlich gedeutet wird. Hat dieses behauptete Faktum denn irgendeinen Wert? Und wenn ja, was soll daraus geschlossen werden? Dass die Nacht farblos ist? Dass ich farblos gekleidet bin? Bei weiteren Überlegungen dieser Art entsteht ein Berg von unnützem Wissen, besser gesagt: ein Haufen unsinniger Annahmen und Vermutungen, die am Ende zu nichts führen. Sozusagen ins Leere laufen.

»Wie bist du bloß so geworden?«, fragt Mutter dauernd. »Wann hat das eigentlich bei dir angefangen? Von mir hast du das jedenfalls nicht.«

Vater sitzt daneben, blickt nachdenklich und schweigend in den Raum. Denkt sich nur seinen Teil, aber sagt nichts dazu. Niemand macht den beiden einen Vorwurf. Wozu auch? Die Dunkelheit liegt ja in mir, nicht in ihnen. Und sie umgab mich vermutlich schon mit Eintritt in diese materiellen Gefilde.

Eigentlich will ich nur raus aus dem Bus. Einfach aussteigen und in der Dunkelheit verschwinden, mich von ihr aufsaugen lassen. Raus aus dem Bus, raus aus dem Lebenstrott, der mich dazu zwingt, mich unter Menschen zu begeben. Ich hasse sie nicht, die anderen. Ich bin weder Menschenfreund noch Menschenfeind. Aber ich brauche sie einfach nicht. Sie nerven mich, stören meinen Gedankenfluss. Ihre Existenz ist mir gleichgültig, aber ich will sie nicht in meiner Nähe.

Meine Erinnerungen reichen ungewöhnlich weit zurück. Ich erinnere mich an eine Spieluhr, die über meinem Kinderbett hing und die ich kaputtgemacht habe. Das war zu einer Zeit, als ich noch nicht einmal sprechen konnte. An dieses »verbotene Spiel«, dem ich mich im Zustand der Schlafparalyse hingab und das mich in einen Status psychischer Entrückung führte. An seltsamste Träume, aus denen ich verwundert erwachte und mich unter meiner Strampeldecke gefangen vorfand. Noch heute spricht Mutter von den merkwürdigen Fragen, die ich als kleines Kind stellte und die sie nicht beantworten konnte. Immer wollte ich allem auf den Grund gehen; auf den dunklen, fah-

len Grund. Es war die Schwärze, die mich ängstigte und gleichermaßen faszinierte. Die Faszination siegte schon früh und eine psychonautische Veranlagung setzte sich durch. Diese Experimente, die ich durchführte, zogen meinen Fokus immer mehr auf das Innere und dies war wohl der Grund, warum ich mich mehr und mehr zu einem Sonderling, einem Eigenbrötler entwickelte. Selbst die paar Freunde, die ich hatte, verstanden mich nicht wirklich und sie kamen auch ganz gut ohne mich aus. Schaut man sich Gruppenfotos an – seien es Bilder meiner Schulklasse, aus dem Kindergarten oder von Geburtstagen –, so wird man schnell feststellen, dass ich dort ganz am Rand oder hinten stehe. Wie nicht gebraucht und an die Seite gedrängt. Auch blicke ich darauf nur selten in die Kamera. Vielmehr beschäftige ich mich gedankenverloren mit etwas anderem. Den Vordergrund überließ ich gern den Angebern, Wichtigtuern und Narzissten, deren Hände schon automatisch in den Winkmodus übergehen und deren Visagen sich von selbst zu einem dämlichen Grinsen verziehen, sobald sie einer Kamera in der Nähe ansichtig werden. Des Menschen Wille ist schließlich sein Himmelreich. Und letzteres ist mir ohnehin ein Gräuel.

Irgendwo im Bus unterhalten sich jetzt zwei Frauen in einer Lautstärke, die Intimstes öffentlich macht. Die eine gibt die Bettakrobatik ihres Lebensgefährten preis, der anderen fällt daraufhin ein, dass ihre Peri-

ode lange überfällig ist. Ich überlege mir ernsthaft, Fragen zu stellen, falls am Ende des Gespräches für mich noch was ungeklärt sein sollte, und ich denke mit Schaudern daran, was diese Weiber möglicherweise erst in den sozialen Netzwerken so alles ausposaunen. Keiner der anderen Fahrgäste reagiert in irgendeiner Weise auf die Unterhaltung. Vermutlich hört es auch niemand, denn alle sind voll und ganz mit ihren Smartphones beschäftigt und überhören die Stimmen. So wie ich die Stimmen in meinem Kopf manchmal bewusst überhöre, wenn sie überhand nehmen.

Über die Stimmen habe ich nie wirklich gesprochen. Sie kommen plötzlich und unerwartet. Eine kurze Entrückung, Sekundenschlaf gleich, und sie quatschen drauflos. Ohne inhaltlichen Wert, ohne Sinn und Zweck, als wären es Teile eines spezifischen Gespräches. Manchmal schreien oder kreischen sie, und ich zucke zusammen. Das habe ich ihnen verboten, doch es gibt hin und wieder noch »Aufsässige«. Sie fordern mich zu nichts auf, befehlen mir nichts. Sie reden einfach nur; reden und reden und reden. Von weit her rufen sie mich manchmal, dann wieder sprechen sie mich aus nächster Nähe an. Psychologen und Hirnforscher behaupten, sie entstünden irgendwo zwischen den Augen, einer Gehirnregion, die sich *Hypothalamus* nennt. Aber auch das interessiert mich nicht. Sie sind einfach da, und für mich liegen sie in den Ohren, nicht an der Nasenwurzel. Keine von ihnen hat je ein dazu-

gehöriges Gesicht gezeigt. Man kann diese Phantome hören, aber nicht sehen. Ob es die sind, die hin und wieder im Halbschatten vorbeihuschen, vermag ich nicht zu sagen. Aber auch diese tragen keine erkennbaren Gesichter. Sie sind dunkel. Schwarz.

Im Gegensatz dazu sind die Gesichter im Bus sehr klar erkennbar. Sie wirken wie ausdruckslose Robotervisagen, von der täglichen Arbeitsroutine gezeichnet und mit der typisch resignierenden Miene, die nur besagt, dass man es ja doch nicht ändern kann. So ertragen sie Tag für Tag den Druck auf Körper, Geist und Seele. Auf eine Art beneide ich diese Standfestigkeit. Dennoch kann ich es nicht akzeptieren. Wie viele Leute hier unter den Insassen haben nicht so heftige Rückenschmerzen wie ich und jammern lauter?

Es gibt eine Reihe von Leuten, insbesondere aus der Lichtarbeiterfraktion in der Esoterikszene, die mir immer wieder weismachen wollen, meine Rückenschmerzen seien ausschließlich durch mein lebhaftes Interesse an der Finsternis begründet. Sie versuchen ihre Behauptung zu untermauern, indem sie angeben, jemand oder etwas, das in den Schatten lauere, hucke sich nur allzu gern hinten auf, und dies schlage sich in Form von Verspannungen und Wirbelsäulenschäden nieder, weil der Betroffene die Last auf Dauer nicht zu tragen vermag. Ich bin es allmählich leid, mir einen solchen Blödsinn anhören zu müssen. Diesen ach so gesunden Zeitgenossen scheint es nicht klar zu sein,

dass diese Erscheinungen eben nur dann vorkommen, wenn ich mich aus der Dunkelheit *herausbegebe*. Die Gesellschaft zwingt mich, an ihr teilzunehmen, sei es dadurch, dass nachts keine Läden geöffnet haben, dass ich tagsüber arbeiten muss oder auf andere Weise genötigt werde, mich mit Dingen abzugeben, die mich belasten. Und ich kann versichern, dass all diese Verpflichtungen, die anderen trotz allem Unwillen nur ein müdes Lächeln abringen, für mich eine derartige Belastung darstellen, dass ich jeden Tag aufs Neue gegen einen psychischen Zusammenbruch ankämpfe. Dabei verstecke ich mich hinter vermeintlicher Freundlichkeit, was wiederum zu einer völlig falschen Einschätzung meiner Person führt. Und bricht der Vulkan dann aus, will wirklich niemand mehr in meiner Nähe sein. Wer nicht betroffen ist, kann es nicht verstehen und wird allenfalls unsinnige Sprüche abgeben wie »Man muss sich schon zusammenreißen«. Was gäbe ich darum, wenn ich meinen Schlaf- und Wachrhythmus einfach umdrehen könnte. Doch selbst die Nacht ist mir oft noch nicht finster genug.

Der Bus hält, und es steigt jemand ein mit einem Handwagen voller Zeitungen. Er stiefelt müde, aber mit entschlossenen Schritten durch den Gang und setzt sich wortlos neben einen Herrn mittleren Alters, der eine Tasche auf dem Schoß umklammert hält, auf deren Vorderseite das Symbol einer bekannten Versicherung zu erkennen ist. Beide Berufszweige sind mir nicht unbekannt.

Es wird hell, doch der Teich bleibt noch
dunkel. Und plötzlich scheint es mir, als
käme das dunkle Wasser immer näher. Es
ist wie die Erfüllung einer Sehnsucht, die
Realisierung und die Manifestation eines
längst aufgegebenen Traumes.

Wenn ich bedenke, in welchen Jobs ich mich in der Vergangenheit bereits verdingt habe, so muss ich feststellen, dass darin das typische Muster eines Schizoiden erkennbar ist. Als gelernter Kaufmann wechselte ich zum Kunststoffformgeber in die Fabrik, wurde dann Alltagsbegleiter in einem Altenheim für Demenzkranke, wechselte dann wieder in verschiedene Fabriken und schließlich ins Lager und die Logistik. Nebenberuflich trug ich Zeitungen aus, war kurz als Versicherungsvertreter tätig und als Journalist für ein Käseblatt unterwegs. Daneben nahm ich Tätigkeiten als Verkäufer, Texter und Ghostwriter an und wurde auf selbstständiger Basis freier Autor und Künstler. Und alle abhängigen Arbeitsverhältnisse endeten in einer psychischen Katastrophe. Mehr als einmal brachten mich diese Beinahezusammenbrüche in die Klauen von windigen Psychiatern, die schon zu meiner Jugendzeit eine Rolle spielten. Nicht einmal einig konnten sich all diese »Fachleute« werden. Die Diagnosen reichten von Schizoider Persönlichkeit über Manische Depression bis hin zu nicht näher definierter Borderlinestörung. Mittlerweile ist man allgemein dazu übergegangen, diese grenzübergreifenden psychischen Pseudodoeffekte als ein großes Spektrum schizophrenienaher Erkrankungen anzusehen. Ein Befund, der sich auf der Karriereleiter sicherlich interessant anhört. Doch auch das ist mir gleichgültig geworden, denn ich suche diese Seelenverdreher schon längst nicht mehr auf.

Es geht mir gut – solange man mich in Ruhe lässt. Tut man es nicht, geht es bald darauf auch anderen nicht mehr wirklich gut. Meine Ausraster sind selten geworden, aber nichtsdestotrotz nach wie vor von unfassbarem Ausmaß. In jedem Fall geht etwas kaputt dabei – oft nicht nur Materielles.

Vorne im Bus fängt ein älteres Ehepaar an zu streiten und unterhält damit alle Insassen. Manche grinsen, andere schütteln verständnislos den Kopf. Beziehungsprobleme in einem öffentlichen Verkehrsmittel lassen sich vermeiden, indem man während der Fahrt einfach die Schnauze hält. Jetzt haben sie den Salat. Der Mann redet lautstark in machohaftem Getue auf die Frau ein, diese fängt an zu heulen und zu schluchzen. Warum klatscht sie dem Scheißkerl nicht einfach eine?

Echte Eheprobleme sind mir immer fremd gewesen – zumindest habe ich es so empfunden. Vermutlich lag ich falsch, denn es ging nach zehn Jahren Ehe und zwölf Jahren Zusammensein trotzdem alles den Bach runter. Ich kann meiner Frau nicht die Schuld geben, denn über meine wahre psychische Natur habe ich mich weitgehend ausgeschwiegen, um sie nicht unnötig zu beunruhigen. Als ich sie kennenlernte, war sie ein lichtvolles Wesen, und ich ließ mich trotz meiner finsteren Basis auf sie ein. Ich hoffte, mich mit Engelskram und dergleichen arrangieren zu können. Das war wohl einer meiner größten Fehler im Leben. Ich

setzte alles daran, ihren hellen Bedürfnissen zu ent-
sprechen, strich die Wohnung in Sonnenblumenfar-
ben, verbannte okkultes Spielzeug weitgehend in die
Schränke und merkte selbst nicht, wie ich mich immer
mehr in die einzig verbliebene dunkle Ecke in der
Wohnung zurückzog. Auch war mir nicht klar, dass
meine innere Konstitution längst schon körperliche
Symptome zeigte, die sich kein Arzt erklären konnte,
und erst, als es zu spät war, erkannte ich, was be-
stimmte Vorgänge im Hypothalamus bewirken können. Was folgte, war eine einsame Zweisamkeit, unab-
änderbar manifestiert durch eine gläserne Wand zwischen uns beiden. Statt mich aus dem Dunkel in ihre
Lichtwelt zu erheben, zog ich sie immer mehr in den
schwarzen Pfuhl hinunter, in dem ich phlegmatisch
und stumpfsinnig immer dieselben sinnlosen Alltags-
rituale mechanisch zelebrierte. Allmählich änderte sich
auch ihr Charakter. Sie wurde aufbrausender, gehässi-
ger und provokanter, benutzte Schimpfwörter und änderte ihre Lebenseinstellung auf radikale Weise. Sie
verließ mich schließlich mit ihren neuen Vorstellungen
vom Leben, nahm ein kleines Stück der Dunkelheit
mit sich und offenbarte mir mit ihrem Fortgang die
schonungslose Wahrheit über meine eigenen Funda-
mente. Dafür bin ich ihr, bei allem Schmerz, unendlich
dankbar.

Endstation. Mit quietschenden Bremsen hält der
Bus unter einem Endgültigkeit verheißenden Puffen

vor dem Firmengebäude an. Ich verlasse das Fahrzeug und blicke mich um. Es ist immer noch dunkel, doch aus der Schwärze dringt das Licht der beleuchteten Büroräume zu mir. Es scheint in diesem Moment meine Augen zu verbrennen, und ich schlage die Lider aufeinander. Ein brummendes Geräusch hinter mir verrät das Abfahren des Busses. Von vorn grüßen ein paar Kollegen, die rauchend am Tor stehen. Langsam öffne ich meine Augen und blinzle zu ihnen hinüber. Sie schauen mich skeptisch an und warten darauf, dass ich mich zu ihnen geselle. Doch ich zögere. Etwas ist anders an diesem Morgen. Etwas, das sich wie ein großer Schatten über mich legt, scheint eine Transformation in Sekundenschnelle zu bewirken. Statt das Betriebsgelände zu betreten, drehe ich mich um und laufe die Straße weiter entlang. Niemand folgt mir. Ich bin nicht wichtig und werde nicht gebraucht, bin jederzeit ersetzbar. Die Straße endet am Waldrand, doch ich laufe weiter, tief in das dunkle Geäst hinein. Blätter, die ich nicht sehen kann, rascheln unter meinen Füßen, Äste knacken, von irgendwo ruft ein Kauz. Ich messe die Zeit nicht, während der ich ziellos durch den dichten Wald irre. Irgendwann bemerke ich vor mir im fahlen Mondlicht ein Schimmern. Es ist ein kleiner Weiher. Ich halte an, stiere hinein in die undurchdringlichen schwarzen Tiefen. Allmählich setzt die Dämmerung ein. Es wird hell, doch der Teich bleibt noch dunkel. Und plötzlich scheint es mir, als

käme das dunkle Wasser immer näher. Es ist wie die Erfüllung einer Sehnsucht, die Realisierung und die Manifestation eines längst aufgegebenen Traumes. Kommt das Dunkel auf mich zu oder stürze ich hinein? Ich weiß es nicht. Als mich die Schwärze umgibt, entsteht kein Platschgeräusch. Es ist wie ein sanftes Hinabgleiten in den verloren geglaubten Schoß einer Urmutter. Wie eine Heimkehr unter Tränen nach einem lange ausgefochtenen Krieg in einem fernen Land.

Und aus der Finsternis, in die ich mich nach gefühlten Äonen erneut zurückzog, drang eine Stimme zu mir. Leise zunächst, wie ein Wispern im Wind, dann kraftvoll und stark, und die Worte waren kroatischen Ursprungs:

»Noć i tama su sve što trebaš. To je tvoja umjetnost od sada.«

Und ich nahm in der Schwärze den Luftzug gewaltiger Schwingen wahr, den Flügelschlag einer dunklen Harpyie, einer schwarzen Fee, und spürte augenblicklich die überwältigend vertraute Anwesenheit einer Schwester im Geiste.

Wo bin ich all die Jahre über gewesen? War es nur ein Traum oder träume ich jetzt? Was mir, aus Ignoranz oder Verleugnung, niemals bewusst geworden war, lag als klare Antwort und Erkenntnis in diesen Worten. Die Finsternis hat mich nie enttäuscht. Ich

konnte mich stets auf sie verlassen und alles, was ich je in ihr suchte, habe ich dort auch gefunden. So auch die geheimnisvolle *Dark Lady*, die so unvermittelt in meinem Leben auftauchte und mir vor Augen hielt, dass die dunkle Kunst in Schrift und Bild mein persönlicher Schlüssel zu den letzten Geheimnissen ist.

Doch so urplötzlich erschien sie eigentlich gar nicht. Sie ist, wie die Finsternis selbst, stets da gewesen. Und auch ich bin nach vielen Jahren zurückgekehrt in den fahlen Hort der Schatten. Denn diese Schwärze ist unser Zuhause, mit all ihren Kreaturen der Nacht – einer Nacht, die keiner weiteren Interpretation mehr bedarf. Denn Worte wie *Dunkelheit* und *Finsternis* sind absoluter Natur, und wer über solche Begriffe zu diskutieren geneigt ist, der weiß nichts über den Gegenstand ihrer Materie.

Gartenarbeit

Svea Kerling

GARTENARBEIT

I. Ein Gespräch im Garten

»Weißt du, es gibt Fragen, die hätten einfach nie gestellt werden dürfen. Diese Fragerei hätte man mir ersparen können. Uns allen. Wem nutzen Antworten auf Fragen, die nur mit neuen Fragen beantwortet werden können? Wem nutzt diese vergebliche Suche nach Antworten? Warum ließ man sie nicht einfach dort, wo sie einst begraben wurden? Man hätte sie in Frieden ruhen lassen sollen. Warum musste man dort herumstochern?«

Mein Gegenüber stellte die kleine Spitzhacke zur Seite und blickte mich fragend an.

»Dort?«

Ich nickte.

»Ja, dort«, antwortete ich. »Dort herumstochern, wo bekanntermaßen der Pfeffer wächst. Und somit wäre allen geholfen gewesen. Begraben. Vergessen. Keine Fragen. Keine Antworten. Eine einfache Gleichung.«

Ihre Nähe tat mir gut. Das Gefühl der Einsamkeit war nunmehr aufrichtiger Zuversicht gewichen.

»Ich weiß auch nicht, warum alle so hartnäckig sind. Das nervt mich gewaltig, aber ich kann die Leute doch nicht einfach zum Teufel jagen.«

»Wer oder was hindert dich daran? Was hält dich zurück? Zumindest könntest du es ihnen anraten, der Hölle einen Besuch abzustatten. Tut nicht weh. Man sollte nur nicht allzu hitzeempfindlich sein. Niemand hat das Recht, dir mit nervigen Fragen auf den Zeiger zu gehen. Zeiger sind für Uhren da. Zeit lässt Gras über die Sache wachsen.«

»Dort?«

Nun war ich es, die ihr Gartengerät zur Seite legte. Sie bekräftige mit einem Nicken.

»Ja, dort, und zwar auch dort, wo der ganze schnöde Pfeffer wächst. Es hat niemanden zu interessieren, wie es dazu kommen konnte.«

Ich wusste nicht recht, was ich meinem so aufopfernden Gegenüber auf diese Bemerkung erwidern sollte. Könnte ich mich doch nur auf mein Gewissen verlassen, das mich bremste, Menschen gegenüber fies zu sein. Unzählige Dialoge hatten wir bereits in unserem Leben geführt und diese hatten die miese Angewohnheit, stets in einem philosophischen Dilemma zu enden. Zumindest in einem Dilemma. Also die Diskussionen, nicht unser Leben. Zu meiner Erleichterung schien sie auf keine Antwort zu pochen.

»Reichst du mir den kleinen Spaten?«, fragte sie mich.

Ungeschickt warf ich ihr die kleine Schaufel, die zu meinen Füßen lag, rüber. Sie fing sie – jedoch nicht minder ungeschickt.

»Pass doch auf! Die Rede war von *Reichen,* nicht von *Werfen.* Dieses Ding ist ganz schön scharf.«

Aus ihrer rechten Hand tropfte Blut. Unbedarft in meiner Art warf ich ihr das Paar Gartenhandschuhe hin.

»Spinnst du?«, ätzte sie mir entgegen.

Ich sah ihr an, wie sie sich auf die Zunge biss und jeden weiteren Kommentar zurück in ihre Kehle quetschte. Doch meine liebe Freundin brauchte sich keiner Worte zu bedienen, um mir ihre Meinung kundzutun. Ich kannte diesen Blick. Er bohrte sich direkt durch meine Brust – als wollte er meine Blutbahnen zerstören. Ihre Augen! Sollten Augen wahrlich den Blick zu einer Seele offenbaren, so wünschte ich diese Seele niemandem. Ihre Seele, so glaub ich, war schwarz. Ihre Pupillen weiteten sich. Sie waren nicht mehr von ihrer Augenfarbe zu unterscheiden.

In keiner Weise wäre ich einem Diskurs mit ihr gewappnet gewesen und so tat ich, als wär nichts vorgefallen – was allein ja schon ein Ding der Unmöglichkeit darstellte, denn es war immer irgendwas. Nichtsdestotrotz kam mir eine Entschuldigung richtig vor.

»Entschuldige bitte«, stammelte ich. »Ich bin nur etwas nervös. Es ist ja nicht so, dass …«

»… dass du jeden Tag in der Erde herumstocherst und nach Pfeffer suchst? Den Garten umgräbst? Ein Blumenbeet anlegst? Gemüse anpflanzt? Oder mich mit einem Spaten bewirfst? So etwas in der Art?«

»Ja«, stammelte ich, »so was in der Art.«

»In der Tat. Hättest du dich bloß eher um diese Angelegenheit gekümmert. Dann müssten wir hier nicht auf allen Vieren auf dem Boden herumkriechen und verdammte Löcher in die verdammte Erde graben.«

Ihre Schelte nahm ich zum Vorwand, mich aus der unbequemen hockenden Position zu befreien und den Blick über meinen Garten schweifen zu lassen. Ja, zugegeben, zu meiner Schande musste ich gestehen, dass der Garten einen ziemlich erbärmlichen Anblick ausstrahlte. Sie hatte recht damit. Ich hätte mich wirklich früher darum kümmern müssen. Nicht, dass ich nicht wollte. Ich wollte wirklich. Also fast *hätte* ich wirklich.

»Ich schwöre beim Leben …«

»Du sollst doch nichts beschwören und vor allem nicht laut. Das endet nie gut. Das mit dem Leben. Wann lernst du es endlich?«

Dieser Moment, wenn Gedanken sich manifestieren und nicht auf einen hören …

»Ich hätte schwören können, ich hätte nichts gesagt …«

»Hast du aber. Es tut jedoch ohnehin nichts zur Sache. Worte sind Worte. Gefallen. Gedacht. Gesprochen. Dem Schwur ist es egal … und jetzt Schluss damit.«

Kannte ich meine Freundin bislang als geduldsame, verständnisvolle und mitfühlende Person, wunderte ich mich umso mehr über ihre beginnende Unbeherrschtheit. Und so übte ich mich weiter in der Kunst der Beschwichtigung.

Wem nützen Antworten auf Fragen die
nur mit neuen Fragen beantwortet
werden können? Wem nützt diese
vergebliche Suche nach Antworten? Warum
liess man sie nicht einfach dort, wo sie
einst begraben wurden? Man hätte sie
in Frieden ruhen lassen sollen. Warum
musste man dort herumstochern?

»Danke, dass du mir hilfst. Also mit dem Garten und dem Umgraben. Denke, es wird ein tolles Frühjahr.«

Allmählich beruhigte sie sich wieder. Ihre Augen hatten nicht mehr das Bedürfnis, Blitze gegen mich zu schleudern.

»Natürlich helfe ich dir. Du wirst sehen. Das Leben geht weiter. Alles wird prächtig blühen und gedeihen. Nichts wird dich mehr an die damaligen Zeiten erinnern. Du musst damit abschließen, was passiert ist. Ich hätte dir schon eher geholfen, hättest du bloß etwas gesagt.«

Ich war erstaunt, wie leicht mein Gegenüber wieder zu meiner Verbündeten wurde.

»Ach, der Garten läuft mir nicht davon«, versicherte ich.

»Lenk nicht ab, Schätzchen! Ich rede nicht vom Garten. Sondern von dem, was passiert ist. Kein Davonlaufen mehr. Einfach Gras darüber wachsen lassen.«

»Und Blumen«, lächelte ich.

»… und Blumen«, stimmte sie mir zu.

»Ich wollte mich eher bei dir melden, aber ich wollte dich da nicht mit hineinziehen. Ehrenwort. Ich schwö... ich …«

»Na, na. Das mit dem Schwören wollten wir doch lassen. Wieso fällt es dir so schwer, auf mich zu hören? Ich habe versprochen, dir zu helfen. Jederzeit. Ist das klar? «

Ich nickte.

»Brav, denn wozu sind denn Freunde da, wenn nicht füreinander, nicht wahr?«

Ich nickte erneut, wobei mein Nicken offensichtlich einen nachdenklichen Eindruck hinterließ.

»Worüber denkst du denn nach?«

»Ach, das ist mein Über-Gott-und-die-Welt-Nachdenkgesicht,« erwiderte ich.

Meine Gartenfreundin hob ihre Augenbraue als Zeichen ihres Nichtglaubens und machte eine beschwichtigende Handbewegung.

»Der Teufel steckt wie üblich im Detail. Über das solltest du mal nachdenken, aber wie auch immer. Ich hätte mich ja auch früher melden können oder sogar sollen. In Ermangelung deiner beiden grünen Daumen war ich es ja, die versprochen hatte, zu helfen. Es wäre sogar meine Pflicht gewesen, dir da beizustehen.«

Sie deutete auf eine Stelle rechts hinter mir.

»Dort pflanzen wir noch ein Rosenbeet. Wird sich gut machen. Damit die lieben Nachbarn was zum Staunen haben.«

»Ich liebe Rosen.«

»Ich weiß. Genau darum. Und ich weiß auch: Die Nachbarn liebst du … sagen wir, du liebst sie weniger …«

»Viel weniger«, schmunzelte ich.

»Wo sind sie denn überhaupt, deine Nachbarn? Wundert mich, dass sie nicht schon an den Zäunen lehnen und gaffen.«

Ich verzog unwissend das Gesicht.

»Ich weiß nicht. Keine Ahnung. Verreist. Urlaub. Oder so.«

»Dann lassen wir es dabei.«

»Wobei?«

»Beim *Oder so*«, gab mir meine Freundin zu verstehen.

Ich sah meiner Freundin ins Gesicht und in ihre Augen. Da war es wieder. Dieses verheerende Dunkel. Wusste sie vielleicht, wo meine Nachbarn abgeblieben waren? Es war in der Tat eigenartig, so völlig unbeobachtet von der neugierigen Brut.

II. Nachricht aus der Anderswelt

Zwei Krähen flogen über unsere Köpfe hinweg und ließen sich auf dem Hausdach nieder. Wir lachten beide. Man sollte vorsichtig sein mit seinen Wünschen.

»Hören wir auf für heute? Was sagst du? Ich glaube, das ist ein Zeichen.«

»Die Krähen?«

»Natürlich, die Krähen. Oder siehst doch andere Überbringer unheilvoller Botschaften? Zurzeit steht mir aber nicht der Sinn nach noch mehr Unseligem. Dir etwa?«

Sie stemmte ihre Arme in die Hüften und mir war klar: Sie würde solange mit ihrem Becken von links nach rechts schaukeln, bis sie eine befriedigende Reaktion meinerseits erhielt.

Ich war zu müde, um ihren Aberglauben zu hinterfragen und fühlte mich zu schwach, mich in einer etwaigen Diskussion als gleichwertiges Gegenüber zu präsentieren.

»Gute Idee. Auch ich bin müde«, raunzte ich. »Machen wir einfach morgen weiter?«

Sie hielt ihren Kopf leicht schräg, während sie mich mit ihren schwarzen Augen eindringlich musterte. Beinah sah es so aus, als würde sie sich selbst in eine Krähe verwandeln.

»Müde? Oder nur faul? Oder gibt es da noch einen anderen Grund?«

III. Ich bin mehr

Das Pfeifen des Teekessels riss mich aus meinen Träumen. Ich war auf dem alten Ohrensessel eingeschlafen. Die Decke hielt mich angenehm warm, während das Feuer im Kamin längst erloschen war. Draußen war es schon dunkel. Ich konnte mich nicht daran erinnern, Tee aufgesetzt zu haben.

Es klopfte an meinem Fenster. Ich schrak kurz auf, doch es war nur der Regen. Regentropfen schlugen gegen das Fensterglas und erinnerten mich daran, dass ich das Gartenwerkzeug fahrlässig hatte liegen lassen.

Als ginge es um Leben und Tod, erhob ich mich abrupt von meinem Sessel. Kaum hatte ich die Tür ge-

öffnet, blies mir stürmischer Wind ins Gesicht. Ich ärgerte mich, da ich die Früchte meiner Arbeit wortwörtlich davonschwimmen sah.

Fast wäre ich über den Spaten gestolpert. Er steckte fest. Nur widerwillig ließ der Griff sich von der klammen Toten lösen. Ich musste jeden Finger einzeln ausstrecken. Ich blutete an der rechten Hand. Konnte mich nicht daran erinnern. Es bestätigte sich wieder: Gartenarbeit war nichts für mich.

Jetzt hieß es, das Ende des Regens abzuwarten. Oder den Morgen. Oder auch übermorgen. Das Rosenbeet war aber ein fixer Bestandteil meines Plans. Die Idee war gut. Ich liebe Rosen.

Ich beeilte mich und machte, dass ich wieder ins Haus kam. Vor der Haustür stand ein Paar Regenstiefel. Ich nahm das Handtuch, das ich achtlos über den Spiegel gehängt hatte, ab und trocknete damit mein Gesicht. Während ich meine Haare zusammenband, sah ich in den Spiegel und blickte in dunkle Augen. Augen, die wahrlich den Blick zur Seele offenbaren. Diese Seele wünschte ich niemandem. Ich glaube – sie war schwarz. Die Pupillen meines Spiegelbildes weiteten sich. Ich konnte sie nicht mehr von der Augenfarbe unterscheiden.

»Da bist du ja, sieh dich mal an. Als seist du aus der Hölle gekrochen.«

Begraben. Vergessen. Keine Fragen. Keine Antworten. Eine einfache Gleichung.

Brennende Liebe

J. Mertens

Brennende Liebe

Ich bin mir nicht ganz sicher, was das für eine Zelle ist, in der ich mich hier befinde, denn an die genauen Umstände meiner Verhaftung kann ich mich beim besten Willen nicht mehr erinnern. Sie ereignete sich mitten in einem feurigen Chaos, während dessen Verlauf ich kurzzeitig den Verstand verlor. Oder hatte ich ihn vorher bereits eingebüßt? Ich weiß es nicht. Die Anklage lautet auf Mord … wenn ich diese auch zum gegenwärtigen Zeitpunkt noch nicht ganz nachvollziehen kann. Doch der Reihe nach.

Beginnen möchte ich mit meinem Freund Phil. Ich war mit ihm aufgewachsen und bereits in unserer gemeinsamen Kindheit waren wir aufeinander eingeschworen. Es war eine Freundschaft, die ihresgleichen suchte. Sämtliche Unternehmungen tätigten wir gemeinsam, gingen zusammen zur Schule, sogar in die gleiche Klasse. Sowohl die Annehmlichkeiten des Lebens als auch dessen Sorgen und Nöte teilten wir stets miteinander. Es waren Selbstverständlichkeiten, die von keinem von uns je in Frage gestellt wurden. Doch es war ein Zustand, dem die Ewigkeit nicht beschieden war …

Alles änderte sich fast schlagartig, als Jaclyn in unser Leben trat. Das war, als wir uns in unseren Spät-

zwanzigern befanden. Wir arbeiteten als einfache An-
gestellte im selben Unternehmen, einem Architektur-
büro, und Jaclyn tauchte dort eines Tages als neue Se-
kretärin auf. Sie war eine abgöttisch schöne Frau. Mit
ihren blondgelockten Haaren und ihren glänzenden
blauen Augen erweckte sie in uns beiden den Eindruck, einen fleischgewordenen Engel vor uns zu haben. Auch ihr freundliches Wesen behagte uns beiden,
denn unsere langjährige Freundschaft hatte offenbar
dazu geführt, dass wir uns auch hinsichtlich unserer
Bedürfnisse im Bezug auf das andere Geschlecht weitgehend angeglichen hatten. So kam es, wie es kommen
musste: Wir verliebten uns Hals über Kopf in die gleiche Frau.

Doch das Ganze spielte sich gottlob nicht so ab,
wie man es vielleicht erwartet hätte und aus gewissen
Rivalitätsverhältnissen kennt. Wir fingen keineswegs
an, einander zu hassen oder den jeweils anderen aus-
zustechen. Im Gegenteil gingen wir, zumindest anfangs, recht amüsiert an die Sache heran. Jaclyn ging
mit jedem von uns zuweilen aus, hin und wieder sogar mit uns beiden zusammen. Wir hatten viel Spaß
und übten uns in Geduld. Über ein halbes Jahr hinweg
bestand dieses etwas instabile Dreiecksverhältnis. Und
schließlich entschied sich Jaclyn … für mich.

Phil akzeptierte ihre Entscheidung ohne Wenn
und Aber. Es kam zu keinem Eklat, obwohl er verständlicherweise recht betrübt über die Entwicklung

war. Wir sprachen unter vier Augen lange über die Angelegenheit und kamen überein, unsere Freundschaft trotz allem aufrechtzuerhalten. Dies war natürlich nicht einfach und mein privater inniger Kontakt zu Phil schwand allmählich trotz aller guten Vorsätze. Von der tiefen Verbundenheit blieb am Ende nichts als ein kollegiales Arbeitsverhältnis übrig, was mir sehr leid tat. Weiterhin stritten wir uns nie, doch das einst unerschütterliche Miteinander war dahin wie ein Blatt im Wind.

Jaclyn und ich heirateten ein Jahr später. Es war eine sehr glückliche Zeit, die wir zusammen verbrachten. Wir waren unternehmungslustig, in jeder Hinsicht aufeinander fixiert und über zehn Jahre hinweg verliebt wie in den ersten Tagen.

Doch auch in vermeintlich unzerstörbaren, unendlich erscheinenden emotionalen Gefügen steckt oft die diabolische Kraft der Stagnation, die bekanntlich in letzter Konsequenz zur Vernichtung führt. So wurde uns das Illusorische in unserer ach so tiefen Liebesbeziehung erst spät bewusst. Menschen verändern sich und auch unsere nicht gerade langweilige Ehe führte mit der Zeit zu einer Art Gewohnheitsverhalten, das in beiden von uns allmählich völlig andere und jeweils unterschiedliche neue Bedürfnisse hervorrief. Während ich, inzwischen in meinen Vierzigern angekommen, nun verstärkt auf Ruhe bedacht war, blühte Jaclyn immer mehr auf, wollte immer weiter in die Welt hinaus und verlangte nach noch mehr Abwechs-

lung, was mich zunehmend in inneren Stress und Aufruhr versetzte. In entsprechenden Gesprächen gelang es uns nicht, einen gemeinsamen Konsens zu finden. Stattdessen entstand nach und nach eine Spannung zwischen uns, die am Ende immer wieder in offenen Streit ausartete. Es tat sich eine unüberwindbare Kluft zwischen uns auf, und aus dieser brodelte der heiße Schlamm tiefster seelischer Schichten zu uns hinauf, den wir jahrelang ignoriert und verleugnet hatten. Er überschwemmte uns ohne Gnade, fegte in kurzer Zeit alles hinweg, was wir uns mühsam im Laufe der Jahre aufgebaut hatten. Nichts zählte mehr, Erinnerungen an die große Liebe wurden mit einem Male bedeutungslos. Unsere Ehe wurde zu einer Farce und fand nur noch ihre Verbriefung auf der Heiratsurkunde, einem schnöden Stück Papier, das einst in unserer verliebten Blindheit den größten Wert unseres gemeinsamen Lebens dargestellt hatte. Und nun war der Zeitpunkt gekommen, an dem dieses Dokument durch ein anderes Papier ersetzt wurde – die Scheidungsurkunde.

Ja, ich musste den Tatsachen ins Auge sehen: Jaclyn war zu nichts anderem geworden als einem Stück Papier. Einem wert- und leblosen Ausdruck, wie er täglich zuhauf durch die computergesteuerten Printer diverser Ämter ging. Einem Ausdruck, der nichts ausdrückte – kein Gefühl, keinen Sinn, nichts mehr.

Und während Jaclyn ihrem neuen, ausgefüllten Leben nachging, drohte ich förmlich die Nerven zu

verlieren, regelrecht verrückt zu werden. Die Ruhe, die ich pflegte, bescherte mir nichts als Grübeleien und Selbstmitleid. Ich liebte sie noch, doch es war mir klar, dass es keine vernünftige gemeinsame Basis mehr gab und eine mögliche Wiederzusammenkunft doch nur zu weiteren Eskalationen führen konnte. Ich war an einer Weggabelung angelangt, deren beide Richtungen für mich in unerträgliche Gefilde führten. Ich konnte weder mit noch ohne Jaclyn leben, und dieser Umstand brachte mich an die Grenzen des psychisch Erträglichen.

Ich fasste es daher zunächst als eine große Hilfe für mich auf, dass Phil sich wieder etwas annäherte. Jaclyn hatte inzwischen, wohl aus Angst vor dem Gerede der Kollegen, ihre Stellung in der Firma aufgegeben und so konnten Phil und ich frei über die Sache reden. Ich schüttete ihm wie in alten Zeiten mein Herz aus und er hörte mir wie der alte Freund zu, der er einst gewesen war.

Dennoch hatte ich den Eindruck, dass er mir irgendetwas verschwieg. Wenn es um die tiefen Gefühle Jaclyn gegenüber ging, wich er offensichtlich aus und ich erinnerte mich an seine eigenen einstigen Hoffnungen. War er möglicherweise immer noch in sie verliebt nach all den Jahren? Immerhin hatte ich seinen weiteren Lebensweg nicht wirklich verfolgt und unsere Gespräche während der Arbeitszeit bezogen sich neben meinen akuten emotionalen Themen überwiegend auf

betriebliche Angelegenheiten. Seine Privatsachen
schnitten wir nur kurz an, vertieften diese Themen
aber nicht weiter. Dennoch machte er mir nicht den
Eindruck, in irgendeiner Weise eine Beziehung mit einer anderen Frau eingegangen zu sein.

Unsere neuen Unterredungen halfen mir trotz dieser unterschwelligen Geheimniskrämerei über das
Gröbste hinweg und nach einem Monat, Gott sei es ge-
dankt, erlosch meine Liebe zu Jaclyn spürbar. Phil bemerkte das und er freute sich für mich. Und schließlich, als er augenscheinlich den Eindruck hatte, dass
mein Schmerz überwunden war, öffnete er sich auch
mir und gab mir das Mysterium, das ich irgendwie
schon geahnt hatte, preis. Angesichts der plötzlichen
Information, die er keineswegs in beschönigende Worte verpackte und die er auch nicht hinter dem sprich-
wörtlichen »heißen Brei« versteckte, war ich zunächst
zwar trotzdem etwas verblüfft und geschockt. Doch
dass er nun seinerseits mit Jaclyn zusammen war, ließ
mich trotz aller Restzuneigung relativ kalt. Denn wie
ich schon sagte, war Jaclyn für mich nichts weiter
mehr als ein Stück Papier, ein Dokument, degradiert
zu einer amtlichen Angelegenheit. Und meine einst
tiefen Gefühle ihr gegenüber waren mit der Drucker-
tinte darin versickert. Es würde vielleicht nicht ganz
einfach werden, sie weiterhin öfter zu sehen, falls Phil
und ich unsere Freundschaft wieder aufleben lassen
würden, aber ich ging davon aus, damit leben zu kön-

nen. So lud er mich nach vielen Jahren erstmals wieder zu sich nach Hause ein und ich nahm sein Angebot, zugegebenermaßen noch mit etwas verspannter Skepsis, dankend an.

Phil wohnte nach wie vor in einem kleinen Häuschen am Stadtrand und nichts hatte sich dort verändert. Als ich vor der Haustür stand und den Klingelknopf betätigte, hatte ich das Gefühl, dass mehr als ein Jahrzehnt schlichtweg nicht stattgefunden hatte. Auch als mein alter Freund die Tür öffnete und mich herzlich hereinbat, stellte ich weiterhin fest, dass bis auf wenige Kleinigkeiten die Einrichtung noch dieselbe war. Das brachte mich augenblicklich zu der Frage, ob er selbst auch der Alte geblieben war. Immerhin hatten die Ehejahre mich sicherlich verändert und schlussendlich hatte sich zweifellos die schmerzhafte Trennung noch einmal auf meinen Charakter ausgewirkt. In Anbetracht all dessen war der Zweifel hinsichtlich einer neuen freundschaftlichen Harmonie wie in alten Zeiten durchaus berechtigt. Phil hingegen schien da nicht weiter drüber nachzudenken. Als wäre nie etwas gewesen, führte er mich mit einem Lächeln ins Wohnzimmer und bot mir einen Kaffee an.

Ich überging die Frage nach dem heißen Getränk, denn für einen nicht gerade kurzen Moment stockte mir der Atem, stolperte mein Herz und weiteten sich meine Augen. Das Bild, das sich in diesem Raum vor mir auftat, ließ mich den Verdacht hegen, gerade in ei-

Die Dinge gerieten völlig ausser
Kontrolle und im Nu war mein alter
Freund zu einer in seidenen Schal
eingewickelten Feuersäule geworden, die
alles in Brand steckte mit dem sie in
Berührung kam.

nem bizarren Traum gefangen zu sein. Die Szene erschien mir unwirklich, geradezu absurd. Auf dem Sofa saß Jaclyn, lebensgroß und in Farbe, eben so, wie ich sie zuletzt gesehen hatte. Dass ich sie hier vorfinden würde, davon war ich ja im Vorfeld aufgrund von Phils Informationen bereits ausgegangen. Doch was ich *wirklich* hier sah, änderte die Gesamtsituation von Grund auf. Es bohrte sich wie ein Speer in mein Gehirn. War Phil plötzlich durchgedreht oder hatte sich das langsam und unmerklich in der ganzen Zeit bereits entwickelt?

Ich konnte es mir nur so erklären: Mein alter Freund hatte es wohl bis zuletzt nicht verkraften können, dass er der Unterlegene in unserer Buhlerei um Jaclyn gewesen war. Nun, da meine Ehe mit ihr gescheitert war, hatte er sich wohl neue Hoffnungen gemacht, die wiederum enttäuscht worden waren, und in einem Anfall geistiger Umnachtung, vielleicht auch durch einen Schub wuchernden Wahnsinns, hatte er dann auf diese Weise reagiert. Denn das, was mich von der Couch aus starr anblickte, war zwar Jaclyn, jedoch nicht leibhaftig. Es war ein *papierner Ausdruck ihres Körpers*, der ordentlich und professionell in eine sitzende Haltung gefaltet worden war.

Um dieses riesige Ding überhaupt in einem Stück produzieren zu können, musste er heimlich nach Feierabend einen unserer Großformatkopierer in der Firma missbraucht haben, die normalerweise für die Be-

reitstellung von Bauplänen bestimmt waren. Rätselhaft war nur, wo er das dafür notwendige Foto von Jaclyn herbekommen hatte. Doch das spielte keine Rolle. Vielmehr ging es mir nunmehr darum, mit der augenscheinlichen Tatsache umzugehen, dass Phil verrückt geworden war und sich eine eigene Jaclyn zugelegt hatte, die er im realen Leben wohl nicht haben konnte.

Es sei natürlich nicht einfach für mich, sagte er offenbar hinsichtlich meiner entgeisterten Gesichtszüge, und er habe durchaus Verständnis. Doch dieses falsche Verständnis hatte ich die freundschaftliche Pflicht zurückzuweisen. Ich konnte, wollte und durfte nicht zulassen, dass dieser arme Teufel, mit dem ich meine Kindheit und Jugend verbracht hatte, sich jetzt aus reinem Liebeskummer in einen solchen Irrsinn flüchtete.

Mir erschienen zwei Möglichkeiten als sinnvoll, ihn von diesem emotionalen Spuk zu befreien. Die erste bestand darin, ihn in psychiatrische Obhut zu übergeben. Das jedoch wäre ein möglicherweise langwieriger Prozess gewesen, der aufgrund von Phils gesellschaftlicher Unbedenklichkeit unter Umständen gar nicht erst angelaufen wäre, da er eine solche Therapie freiwillig hätte antreten müssen. Und welche Veranlassung hatte er aus seiner Sicht zu einer solchen Maßnahme? So entschied ich mich für die zweite Variante, und die bestand in dem, was man landläufig die

»Holzhammermethode« nannte – die schonungslose Konfrontation mit dem selbstgeschaffenen Phantom.

Was ich vorhatte, war im Bezug auf die Freundschaft zunächst etwas riskant. Ohne Zweifel würde Phil mir meine Handlung sehr übel nehmen, solange er psychisch noch nicht völlig wiederhergestellt war. Doch mir ging es in erster Linie um die Beendigung dieses Zustands. Es würde letztendlich eine Hilfe für ihn sein, und nur das zählte jetzt.

Ich beugte mich lächelnd zu der Frau aus Papier hinunter, tat so, als wollte ich Jaclyn begrüßen und reichte ihr die Hand. Das zwangsläufige Knistern, welches entstand, als ihre zweidimensionalen Finger von meinen umschlossen wurden, war unüberhörbar – außer für Phil. Ich zog das gedruckte Gebilde langsam vom Sofa zu mir hin, hielt es kurz aufrecht in meinem linken Arm, während meine rechte Hand unbemerkt in meine Hosentasche glitt. Mein alter Freund beobachtete meine Handlung interessiert, jedoch keineswegs skeptisch. Er erschien zufrieden angesichts meines augenscheinlich vernünftigen Umgangs mit der Situation. Es war unmissverständlich, was seine vom Wahnsinn getrübten Augen wahrnahmen.

Was dann kam, geschah in Windeseile. Ich zog ein Feuerzeug aus der Tasche und zündete das lebensgroße Poster weit unten an, genau dort, wo Jaclyns gedrucktes Kleid nahtlos in ihre Beine überging. Augenblicklich entstand eine in Sekundenbruchteilen wach-

sende Flamme, die sofort die Hälfte des gigantischen Papierbogens vereinnahmte. Gleichzeitig ertönte Phils Entsetzensschrei. Die Dinge entwickelten sich nun rasend schnell, doch anders als von mir geplant. Ich hatte dieses Feuer natürlich aus guten Gründen mit Absicht nicht auf dem Sofa entfacht, sondern die Papierfrau bewusst in die Mitte des Wohnzimmers bewegt, wo sich keine brennbaren Gegenstände befanden. Phil jedoch, von Panik erfasst, stürmte mit sich überschlagendem Geschrei auf das feurige Gebilde zu, bedeckte mich dabei mit Flüchen, wie sie nur ein Wahnsinniger – oder ein *wahnsinnig Verliebter* – ausstoßen konnte und versuchte die vermeintliche Jaclyn zu retten. Doch das lodernde Papier ließ sich nicht ohne weiteres ergreifen. Mit beiden Armen umfasste er somit seine *Flamme*, stolperte dabei jedoch über einen Hocker und taumelte unkontrolliert durch den ganzen Raum in Richtung Fenster, wo er sich hilflos in den Schnüren der langen Übergardine verfing. Sofort griff das Feuer auf die Vorhänge über, fraß sich von dort aus weiter zum Bücherregal. Die Dinge gerieten völlig außer Kontrolle und im Nu war mein alter Freund zu einer im seidenen Schal eingewickelten wandernden Feuersäule geworden, die alles in Brand steckte, mit dem sie in Berührung kam. Ich selbst fand keine Möglichkeit mehr zu irgendwelchen Hilfsmaßnahmen, konnte nur dieser senkrechten Flammenwalze aus dem Weg springen, um mich wenigstens selbst zu schützen.

Ich schaffte es irgendwie, nach draußen zu gelangen. Aus dem Innern des Hauses vernahm ich noch Schreie, besser gesagt ein irres Kreischen, das beinahe weibisch klang und bestenfalls an eine Hexe auf dem Scheiterhaufen denken ließ. Die Erkenntnis, dass diese Laute von meinem besten Freund kamen und ich für all das verantwortlich war, ließ mich in einen anderen seelischen Zustand abgleiten. Ob dies eine himmlische oder höllische Gnade war, vermag ich nicht zu sagen. Jedenfalls nahm ich die restlichen Ereignisse nur noch in einer Art Dämmerzustand wahr.

Von irgendwoher ertönten die Sirenen von Feuerwehrfahrzeugen. Kurz darauf war ich von blinkenden blauen Lichtern umgeben, Stimmen sprachen hektisch durcheinander. Trotz der Löscharbeiten brannte das Haus bis auf die Grundmauern nieder. Und doch hatte Phil ganz offensichtlich die Katastrophe überlebt. Benommen erkannte ich, wie Einsatzkräfte ihn auf einer Trage aus den Trümmern transportierten. Er redete dabei in einem fort, doch konnte ich kein Wort davon verstehen. Als er mich jedoch sah, zeigte er auf mich, und kurz darauf näherte sich mir ein Mitarbeiter der Polizei. Dies war der Moment, in dem ich endgültig das Bewusstsein verloren haben musste, denn an mehr kann ich mich nicht erinnern.

Nun bleibt für meine geschätzten und aufmerksamen Leser wohlweislich eine gewichtige Frage offen. Zu Anfang meiner Geschichte sagte ich bereits, dass

ich aufgrund einer Mordanklage in dieser Zelle sitze. Doch wer war gestorben, wenn doch Phil das flammende Inferno überlebt hatte? Die Antwort ist so schaurig wie fatal. Denn als ich während meines Trennungsschmerzes den Verstand zu verlieren glaubte, so trügte mich dieser erste Eindruck keineswegs. Nicht Phil war psychisch und geistig zerfallen und verlor sich in wahnhaften Trugbildern, sondern ich selbst. War meine einst geliebte Jaclyn für mich denn nicht zu einem schnöden Stück Papier geworden? Denn bei der völlig verkohlten Leiche, die aus dem zerstörten Anwesen geborgen wurde, handelte es sich um die Überreste von Jaclyns fleischlichem Körper, und, möge Gott mir gnädig sein, eben diese wurden, unterstützt von Phils Aussage auf der Bahre, *von den Sachverständigen als Brandherd ermittelt.*

Etwas

Svea Kerling

ETWAS

Die Gebirgswand funkelte in der Sonne. Der Anblick vermochte für dein einen oder anderen anmutig wirken, majestätisch sein oder gar eine beruhigende Wirkung auf den Beobachter haben. Ein Betrachter könnte fälschlicherweise eine Art Liebkosung von zwei Liebenden annehmen. Als wollte die Sonne noch einmal fühlen. Ein letztes Mal ihren Geliebten beschwichtigen. Ihm seinen Zorn und seine Wut nehmen. Ihn festhalten. Lange. So lange, bis es wieder gut werden würde. Sie wollte nicht untergehen. Nicht allein. Denn wenn sie unterginge, würde sie alles mit sich reißen. Alles und jeden.

Donner war zu hören. Noch fern, aber nah genug, um seiner Bedrohlichkeit gewahr zu werden. Die Menschen schien es nicht zu kümmern. Beiläufig hob mancher den Kopf. Niemand glaubte mehr an Regen. Seit Monaten hatte es nicht mehr geregnet. Ein wenig davon würde die Natur aufatmen lassen. Der Wunsch nach einem Ende der Sommerdürre war groß, doch die Hoffnung war klein. So klein wie ein verlorenes Sandkorn am Strand.

Erneutes Grollen am Himmel. Ein paar Köpfe mehr suchten den Himmel ab nach Vorboten. Noch brannte die Sonne unbarmherzig vom Himmel herab.

Die Hitze bei Tag und die Glut bei Nacht ließ so manchen daran zweifeln, ob sie jemals wirklich unterginge.

Grollen. Diesmal eine Spur grimmiger. Als Warnung vor etwas, das niemand wahrhaben wollte. Es schienen dieselben resignierenden Gesichter zu sein, die sich dem Himmel zuwandten. Vergeblich ihre Suche nach Bestätigung. Ihr Narren, fühlt ihr nicht? Was seid ihr bloß für Hohlköpfe? Ich konnte sie ganz deutlich spüren – die Dunkelheit, die danach gierte, ihre Beute zu verschlingen. Ich konnte sie fühlen. Die Kälte, die hereinbrechen würde, um ihre Schreie zu brechen. Es würde Chaos herrschen und Neues geboren.

Wind wirbelte durch mein Haar. Er zog daran. Es tat nicht weh, doch war ich mir seiner Absicht bewusst. Ein Regentropfen benetzte meine Wange. Eine letzte Träne, die eine Mutter vergoss, wenn sie ihr Kind zu Grabe trug. Die Träne einer Mutter, die ihr Liebstes gehen ließ. Ich weinte Tränen, getränkt in Sehnsucht und Melancholie. Ich war nicht traurig. Alles würde gut werden, hieß es. So heißt es doch, oder? Meine Erinnerung klammerte sich an das Leben. An das Schauspiel des Lebens, zu dessen Teil ich einst werden wollte. Doch meine Gedanken daran verblassten und stellten sich als das heraus, was sie wirklich waren. Als ein Etwas. Als ein Etwas, das in keinster Weise von Bedeutung war. Als ein Etwas, das nie gewesen war. Nie wird. Ich mag es hier nur als ein Etwas benennen, um Ihnen die Möglichkeit zu bieten, diesem Etwas selbst einen Namen zu geben.

Die Wellen peitschten ans Festland.
Der Wind schlug sie zurück ins Meer.
Letzte Blicke in den Himmel erschuten
Hoffnung Gottes Gnade und seinen
Beistand. Dieser schien keine Notiz davon
zu nehmen. Eher nahm er wohl einen
Zug genüsslich von seiner Zigarre. Auf
seinem gemütlichen Sofa. Irgendwo in
einem Land weit weg.

Meine Tränen trockneten schnell. Jede einzelne davon festigte mein Wissen, dass es gut war. Eine Weile beobachtete ich die Menschen. Allmählich drang etwas Hektik in ihre Bewegungen. Schneller. Sie begannen zu laufen. Regen. Den haben sie sich doch so gewünscht. Und nun suchten sie Schutz vor dem, dem noch kurz zuvor all ihre Sehnsucht galt. Touristen wie auch Einheimische sammelten sich unter Vordächern und schweren Bistroschirmen. Kinderwagen wurden gehetzt durchgeschoben, Kinder an der Hand unsanft angezogen. Ein kläglicher Tanz. Autos fuhren durch Wasserpfützen; ihre Fahrer hupten. Menschen fluchten.

Donner griff von allen Seiten an. Blitze schlugen ein. Die Hafenstadt erbebte. So sanft hatte sie gewirkt, umsäumt von diesem mächtigen Massiv. So gutmütig war euch die See einst gesinnt. Ihr da unten, es ist doch nur Regen. Die erwünschte Abkühlung, diese hattet ihr doch herbeigewünscht. Also wozu in Gottes Namen nun diese Reaktion? Ach, Ihr Unseligen! Eure kleine Stadt, macht sie euch Angst? Schreckt sie euch? Nein, die Stadt hat sich nicht verändert. Ihr habt nur vergessen. Ihr habt sie vergessen und das, was sie einst war: Schutz und ein Zuhause für Geächtete, Gestrandete, Vertriebene. Ein Versteck für den Abschaum und des Teufels Gesindel. Angsteinflößend und todbringend für alle, die ungebeten den Fuß auf dieses Fleckchen Erde zu setzen wagten.

Ein altes Schiff mit der schwarzen Flagge der Piraten näherte sich. Ich konnte es deutlich erkennen. Un-

weit der Küste. Es war ruhig. Still. Kein Gemetzel. Kein Blut. Groteske Dynamik. Eine Begehung vor der Premiere. Der Kapitän wie ein Theaterdirektor, der sich letztmalig vergewissern wollte. Er war überzeugt. Seine Equipe wusste, was zu tun war. Die Generalprobe würde diesmal ausfallen.

Blitze. Geladen. Bereit zum Gefecht. Voller Vorfreude. Donner – er grollte vor Wut. Angetrieben von großem Zorn brüllte er ins Gebirge. Sein Unmut war groß. Er spie über das Meer und seine Lakaien spuckten eiskalten Regen. Der Wind trieb das Meer in riesigen Wellen aufs Festland. Diese Idioten! Haben sie wirklich gedacht, dass …

Die Wellen peitschen über die letzten Ungläubigen. Sie verschwanden gemeinsam mit ihren Plastikflamingos und bunten Einhörnern in der Tiefe. Das Gejammer war groß. Das Geheule des Sturmes war größer. Das Wehgeschrei der Menschen fand kein Gehör. Kein Mitleid. Zu dem Geschrei gesellte sich Fassungslosigkeit. Entsetzen hielt die Jammernden fest.

Es folgte Dunkelheit. Weit mehr als die bloße Abwesenheit von Licht. Die Menschen, getrieben von Panik, schrien und verloren sich in der Finsternis. War es zuvor ein Zusammenrotten und war es Schutz, den sie suchten, war es jetzt ein Durcheinander und eine Flucht vor dem Schrecken. Doch das Schauspiel hatte seinen eigenen Regisseur. Niemand wollte die Flüchtenden einholen oder gar erschrecken. Niemand woll-

te Entsetzen verbreiten. Das Schreckensszenario selbst war gekommen, um die Masse zu fressen. Sie zu verschlingen. Den einen oder anderen in die See zu speien. Ich lächelte. Sie zappelten. In etwa wie ein Pelikan einen zappelnden Fisch verspeiste.

Na ja, so in etwa. Etwas mehr Geschrei. Etwas mehr Gezeter und Gejammer. Etwas mehr entsetzlich. Eine Spur leidvoller, aber um nichts endlicher.

Die Wellen peitschten ans Festland. Der Wind schlug sie zurück ins Meer. Letzte Blicke in den Himmel ersehnten Hoffnung, Gottes Gnade und seinen Beistand. Dieser schien keine Notiz davon zu nehmen. Eher nahm er wohl einen Zug, genüsslich, von seiner Zigarre. Auf seinem gemütlichen Sofa. Irgendwo in einem Land weit weg. Mit einem Blick ins Leere gerichtet. Vielleicht hörte er Musik.

Wusste irgendwer etwas Genaueres über Gottes Musikgeschmack? Vielleicht war er ein trauriger Gott, der traurige Musik hörte und sich bemitleidete. Vielleicht konnte er sich sein Versagen nicht eingestehen und spülte seinen Kummer mit Alkohol runter. Vielleicht war dieses Schauspiel nicht mehr als sein morgendlicher Kater.

Moment: Mochte Gott im Übrigen Katzen? Vielleicht sollte ich etwas gottgefälliger denken. Eine Spur ehrfürchtiger. Ängstlicher, eventuell. Oder war ein alles verstehendes Nicken eher angebracht? Ein Heureka? Ein Ergeben? Sich ergeben? Etwas mehr …

Ein entsetzter Schrei ging durch die Menge. Mein Körper hörte auf zu zappeln. In der Ferne setzte ein Pelikan dazu an, seine Beute zu verspeisen.

Das Etwas – wo war es geblieben? Wusste jemand etwas Genaueres? Etwas war geschehen. Offensichtlich.

Es war ein strahlend schöner Tag. Etwas zu heiß für mein Befinden. Etwas zu sonnig. Eine warme Meeresbrise wirbelte durch mein Haar. Ich hörte Musik im Hintergrund. Jazz oder so etwas in der Richtung. Ich mag Jazz nicht.

Ich genoss den Ausblick vom ehemaligen Aussichtsturm dieser alten Piratenstadt. Alles schien so friedlich. Reges Treiben. Kinderlachen. Bunte Luftmatratzen. Das türkisblaue Meer glänzte in der Sonne. Eine knöcherne Hand legte sich um meine Schulter. Kalter Tabakrauch stieg mir in die Nase.

Wie hoch können Pelikane fliegen? Höher als ich?

Der Knirps

J. Mertens

DER KNIRPS

Die Stadt, in die ich hineingeboren wurde, wuchs mir nie wirklich ans Herz. Die Hektik in den Straßen, der Lärm der Fahrzeuge, die schlechte Luft und die hohe Kriminalitätsrate waren Faktoren, an die ich mich beim besten Willen nicht gewöhnen konnte. Auch waren die Menschen dort von seltsamer Mentalität, was auch meine Eltern stets bestätigten. Viele unserer Nachbarn waren stur, oft auch unehrlich. Und ständig las man in den Lokalnachrichten etwas über Betrug, Drogenhandel oder sogar Mord und Totschlag. Das machte sich natürlich auch im Charakter der Kinder in meiner Umgebung bemerkbar. Sie hatten sich einen Jargon angewöhnt, welcher der tiefsten Gosse zu entstammen schien, und meine Eltern mahnten mich bei jeder Gelegenheit, nicht ebenfalls in diese Schiene zu schlagen. Dies führte natürlich dazu, dass ich in der Stadt keine Freunde fand und auch bei meinen Schulkollegen keinen guten Stand hatte.

Eine Wende kündigte sich an, als meine Mutter auf eine Zeitungsanzeige aufmerksam wurde, in der ein Haus in der Provinz günstig zum Verkauf angeboten wurde. Und zufällig handelte es sich dabei um das Geburtshaus meines Vaters, das mein Großvater bereits verkauft hatte, als mein Vater selbst noch ein

Kind gewesen war. Mutter war begeistert von dem Angebot, doch Vater wollte zunächst nichts davon wissen. Er wurde sogar kurzzeitig zornig und ließ dabei durchblicken, dass er selbst der Grund gewesen sei, warum sein Vater das Anwesen verkaufen musste. Wie das möglich gewesen sein konnte, denn er war ja wie gesagt selbst noch ein Kind gewesen, erschloss sich mir nicht. Fast machte er den Eindruck, an seine Kindheit schlechte Erinnerungen zu haben, die mit dem Ort und dem Haus zusammenhingen. Dies stand jedoch im Widerspruch zu seinen sonstigen Erzählungen, die seine Vergangenheit als durchweg positiv darstellten. Es schien einen dunklen Fleck in seiner Jugend gegeben zu haben.

Doch wie dem auch war: Am Ende schaffte es Mutter, sich durchzusetzen. Es war der Hinweis ihrerseits auf meine Abneigung der Stadt gegenüber, der Vater schließlich umschwenken ließ. Die Liebe zu seinem Sohn war stärker und besiegte dann doch seine mysteriöse Antipathie zu seiner Geburtsstätte. So kam es, dass ich im Alter von acht Jahren das Grau der Stadt hinter mir ließ und in das Grün eines spärlich besiedelten Vororts wechselte.

Ich erinnere mich noch gut an den Tag unserer Ankunft während der Sommerferien. Man sah es Vater förmlich an, dass er nach wie vor nicht ganz glücklich über die Entscheidung war. Doch er schwieg und trug mit einem gequälten Lächeln die Koffer ins Haus.

Mutter hingegen war außer sich vor Freude, ebenso wie ich. Und das war wohl alles, was Vater wichtig war. Über seine Fürsorge konnten wir uns zu keiner Zeit beklagen. Darum war es umso rätselhafter, was er uns wohl verschwiegen haben mochte.

Aufgrund der Ferien hatte ich viel Zeit, meine neue Umgebung zu erkunden, die größtenteils aus waldigen Gebieten bestand, welche durch einige Maisfelder unterbrochen wurden. Ein schmaler Bach zog sich durch den gesamten Ort und mündete schließlich in einen kleinen See, der durch den Bewuchs mit Seerosen und Schilf eine echte Idylle darstellte. Nachbarschaft im engeren Sinne gab es nicht, zumindest nicht in der Form, wie man es aus der Stadt kannte. Zwischen den einzelnen Häusern, die zum Teil mitten im Wald standen, lag oft gut und gerne ein halber Kilometer. Wenn ich hier Freunde finden würde, hatte ich unter Umständen weite Wege zurückzulegen.

Nachdem wir uns drei Tage später fertig eingerichtet hatten, unternahm mein Vater mit Mutter und mir einen langen Spaziergang, um uns die Gegend etwas genauer zu zeigen. Da ich schon viele der örtlichen Sehenswürdigkeiten während meiner Ausflüge entdeckt hatte, hörte ich nur oberflächlich zu, was Vater dazu zu erzählen hatte. Dies war auch vermutlich der Grund dafür, warum mir erstmals das halb zugewachsene Haus zwischen den Bäumen auffiel.

Es war ein altes Gebäude mit Walmdach, nicht sehr groß, und es hatte dringend die fachmännische

Arbeit eines Handwerkers nötig. Es fehlten einige Ziegel, und das Mauerwerk wies schon einige Risse auf. Dennoch wirkte es auf eine seltsame Art interessant auf mich. Da Vater aber nichts zu dem Anwesen sagte – vermutlich hatte er es inmitten des Dickichts gar nicht beachtet –, beschloss ich, nicht danach zu fragen und die Sache auf sich beruhen zu lassen.

Als wir am See angekommen waren, glaubte ich eine eigenartige Veränderung im Benehmen meines Vaters festzustellen. Obwohl er freimütig erzählte, wie er als Kind mit seinen Freunden hier gespielt hatte, nahm sein Gesicht dabei einen Ausdruck an, der irgendwo zwischen Schwermut und Furcht angesiedelt war. Es war keineswegs die typische Melancholie, die manche Erwachsene befiel, wenn sie an ihre eigene Kindheit zurückdachten. Es war etwas anderes, etwas Geheimnisvolles, das ich bislang von meinem Vater nicht gewohnt war, und ich war mir fast sicher, dass dieser See eine tragende Rolle bei seinem ursprünglichen Unwillen spielte, hierher zurückzukehren.

Vater änderte seine Art den Rest des Tages nicht mehr. Nachdenklich und in sich gekehrt saß er beim Abendbrot am Esstisch. Als Mutter sich ein Herz fasste und ihn bezüglich seiner Niedergeschlagenheit fragte, gab er vor, lediglich müde zu sein. Er ging dann auch zeitig zu Bett, und das Thema wurde nicht wieder aufgegriffen, obwohl er auch in der Folgezeit immer wieder dieses Verhalten an den Tag legte.

In den Tagen darauf lernte ich ein paar Kinder meines Alters kennen und verabredete mich mit ihnen das eine oder andere Mal. Sie waren bereits mehr oder weniger miteinander befreundet, und charakterlich waren sie wesentlich umgänglicher als die missratenen Straßenkinder aus der Stadt. Carl beispielsweise war sieben und ein Vorzeigesohn. Er war gut in der Schule und hatte schon jetzt große Zukunftspläne. Er wollte später studieren und Archäologe werden. Der neunjährige Teddy hatte seinen Spitznamen bekommen, weil er immer noch Plüschbären sammelte und sogar immer einen nach draußen mitnahm. Dann war da noch David, der mit seinen acht Jahren schon als wandelndes Lexikon bekannt war und einfach alles zu wissen schien. Und schließlich gehörte noch die siebenjährige Edda dazu, von der sich alle sicher waren, sie später mal zu heiraten. Und dennoch gerieten sie sich deswegen nie in die Haare, sondern scherzten darüber. Der Unterschied zu den Stadtkindern war schon deshalb immens. Es entwickelte sich noch in den ersten Tagen eine gute Freundschaft und ich bereute den Umzug in die Provinz in keinster Weise.

Es war genau eine Woche nach unserem Einzug, als ich Bill kennenlernte. Ich war bei David gewesen und schlenderte auf dem Weg nach Hause durch den Wald. Da saß er ganz in der Nähe vom See auf einem Baumstumpf am Wegesrand. Er war von kleiner Statur und hatte einen melancholischen Gesichtsausdruck. Er

grüßte kurz, was ich lächelnd erwiderte. Er sah mich mit einer seltsamen Miene an, die in mir fast den Verdacht aufkommen ließ, dass er hier bewusst auf mich gewartet hatte. So stellten wir uns gegenseitig vor. Bill gab an, ebenfalls acht Jahre alt zu sein. Sein Körperwuchs war jedoch eher der eines Fünf- bis Sechsjährigen. Als ich ihn auf die anderen Kinder ansprach, ohne dabei gezielt ihre Namen zu nennen, winkte er ab. Er kenne sie zwar, sagte er, aber für sie sei er nur der »Knirps«. Offenbar war er aufgrund seines kleinen Wuchses bei ihnen nicht sonderlich beliebt, möglicherweise sogar eine Zielscheibe ihres Spottes. Das wunderte mich zugegebenermaßen ein wenig, weil ich bislang nicht den Eindruck hatte, dass meine neuen Freunde zu solchen Verhaltensweisen neigten. Doch ich kümmerte mich zunächst nicht weiter darum, beschloss aber, sie beim nächsten Mal darauf anzusprechen.

Bill war hier in dieser Gegend aufgewachsen. Die anderen waren erst später hinzugezogen. So war der »Knirps« im Vorteil, wenn sie es mit ihren Sticheleien zu weit trieben, denn er kannte jedes Versteck, so sagte er. Als ich ihn nach seinem Zuhause fragte, beschrieb er mir eben dieses zugewachsene Anwesen, das ich während des Spaziergangs mit meinen Eltern im Wald entdeckt hatte. Wir schlenderten während unseres Gesprächs den Weg entlang und machten uns ein wenig mehr bekannt. Als das Thema auf unsere Eltern kam, wurde er etwas sentimental. Seine Mutter sei schon

lange tot, sagte er. Und sein Vater sei eine traurige Gestalt, denn neben dem Verlust seiner geliebten Frau habe er auch den Tod seines damals einzigen Kindes zu verschmerzen, über den er nie hinweggekommen sei. Es sei ein tragisches Ereignis am See gewesen, sagte er. Weiter redete er jedoch nicht darüber.

An seinem Haus angekommen, fragte ich ihn, ob ich ihn mal besuchen dürfe. Doch das hielt er für keine gute Idee. Sein Vater würde das sicher nicht billigen. Doch wir verabredeten uns an einem anderen Treffpunkt für den nächsten Tag, an dem er mir einige interessante Stellen im Wald zeigen wollte.

Unser Treffen fand wie geplant statt, und Bill führte mich durch den Wald. Die Orte, die er so geheimnisvoll angekündigt hatte, waren für mich jedoch nicht wirklich bedeutungsvoll. Einige davon hatte ich bereits während meiner eigenen Erkundungen entdeckt, und die übrigen waren keineswegs sensationell. Es handelte sich hauptsächlich um Bäume mit großen Astlöchern, in denen er manchmal Dinge deponierte, wie er sagte. Ansonsten zeigte er mir leere Kaninchenbauten, schmutzige Tümpel im Dickicht oder abgestorbene Bäume, die ihn – mich weniger – an irgendwelche Phantasiewesen erinnerten. Lediglich sein persönliches Versteck, eine völlig zugewucherte Höhle, hatte tatsächlich etwas Besonderes an sich. Dieses recht geräumige Loch in einer Felswand war sein Fluchtpunkt, so sagte er, wenn die anderen Kinder

hinter ihm her waren, um ihn in den See zu schmeißen oder an einen Baum zu binden. Ich fühlte mich ein wenig geehrt, dass er mich in dieses Geheimnis einweihte, denn es bewies mir sein Vertrauen in mich. Was hatten die anderen bloß gegen ihn? Er war doch ein netter, freundlicher Junge, wenn auch etwas eigenbrötlerisch. Lag es wirklich nur an seiner Körpergröße? Die Clique machte auf mich eigentlich nicht den Eindruck, auf Schwächere loszugehen; das war eher die Mentalität der Stadtkinder.

Ich beschloss, meine anderen vier neuen Freunde darauf anzusprechen, und als ich sie am nächsten Tag traf, erzählte ich ihnen, worüber Bill sich beklagt hatte.

Ich stutzte bereits, als meine Freunde sich gegenseitig fragend ansahen, und meine Überraschung war nicht gering, als sie mir gegenüber versicherten, diesen Bill gar nicht zu kennen. Nicht nur, dass sie mit ihm nichts zu tun hatten – nein, sie wussten augenscheinlich noch nicht einmal, von wem die Rede war. Auch meine Beschreibung des Jungen lief ins Leere, und überdies beteuerte Carl noch, dass ein solch diskriminierendes Verhalten nicht zu seinen Gepflogenheiten gehörte, was die anderen für sich ebenfalls bestätigten.

Ich beschloss, die Sache nicht weiter zu vertiefen, machte mir aber weiterhin Gedanken darüber. Dass meine Freunde logen, konnte ich wohl ausschließen, denn erstens war es nicht ihre Art und zweitens hätten sie auch keinen vernünftigen Grund dafür gehabt.

Eine andere Clique konnte Bill auch nicht gemeint haben, denn es gab hier sonst kaum Kinder und Jugendliche. Somit blieb mir nur übrig, diesen offenbar unhaltbaren Vorwurf auf seine eigenbrötlerische Lebensweise zurückzuführen. Einzelgänger bauten sich eben manchmal eine eigene Welt auf, in der sich Dinge anders abspielten als in der Realität. Und diese Variante schien durchaus zu Bill zu passen. Möglicherweise hatte er eine schizoide oder autistische Ader. Und mit diesem Erklärungsansatz betrachtete ich das Rätsel als gelöst. Wie fatal sich diese leider falsche Annahme auswirken sollte, bekam ich bald schon am eigenen Leibe zu spüren.

Es war am darauf folgenden Samstag, als ich mich erneut mit Bill traf. Wir unternahmen wiederum einen ausgedehnten Waldspaziergang. Ich erinnere mich noch, dass es an diesem Tag sehr heiß war, und so schlug er mir vor, ihn in sein Höhlenversteck zu begleiten, um dort zwischen den Felswänden etwas Abkühlung zu bekommen. Das schien mir eine gute Idee zu sein, und so folgte ich ihm in seinen Schlupfwinkel.

Während wir gemeinsam die angenehm kühle Luft genossen und uns über verschiedene eher belanglose Dinge unterhielten, fiel mein Blick auf ein hölzernes Kästchen, das sich in einer Felsnische befand. Bill bemerkte sofort mein Interesse an dem Gegenstand und klärte mich auf: Es handelte sich um eine Box mit sehr alten Fotos von ihm, was angesichts seines Alters

zugegebenermaßen etwas amüsant klang. Jedenfalls nannte er dieses Behältnis sein »persönliches Buch der Erinnerung«. Ich wunderte mich ein wenig, dass er so etwas ausgerechnet hier und nicht zu Hause aufbewahrte, rief mir dann jedoch seinen Hang zur Eigenbrötlerei wieder in den Sinn und fragte nicht weiter danach. Stattdessen fühlte ich mich in der Tat geehrt, als er mir den Kasten reichte und mir anbot, einen Blick auf die Bilder zu werfen.

Ich war etwas überrascht, was die Qualität der Fotos betraf. Sie machten allesamt den Eindruck, wirklich sehr alt zu sein. Fast hatte ich den Eindruck, sie stammten aus den Fünfzigern oder Sechzigern. Doch sie zeigten ausnahmslos Bill, und zwar in seinem zumindest annähernd gegenwärtigen Alter. So alt, wie er behauptete, konnten sie also gar nicht sein. Möglicherweise verlief für ihn die Zeit etwas langsamer, was dann wohl zweifellos auf sein eher einsames Leben zurückzuführen war. Eines der Bilder zeigte ihn mit seinem Vater, wie ich annahm. Es war ein kräftiger Herr, schätzungsweise in seinen Dreißigern, mit Vollbart und Holzfällerhemd; eben ganz so, wie man sich Menschen in dieser Gegend vorstellte. Traurig sah er auf dem Bild allerdings nicht aus, doch die wahren Emotionen eines Menschen lagen auf einem gestellten Foto oft im Verborgenen. Schließlich wollte ich auch keine Mysterien in die Bilder hineininterpretieren. Immerhin konnte die altertümliche Qualität auch auf-

grund von Verwitterung entstanden sein, begründet durch die wechselnden Luft- und Klimaverhältnisse hier in dieser oft feuchten Höhle. So betrachtete ich fasziniert die restlichen Fotografien.

Dann ertönte plötzlich vom Eingang her dieses ungeheure Gebrüll und ich schreckte auf. Das Geräusch war nicht menschlicher Natur und als ich aufblickte, das Kästchen mit den Fotos fest umklammert, sah ich im einfallenden Licht der Höhlenöffnung die Silhouette eines riesigen Tieres. Zunächst fiel es mir gar nicht auf, dass Bill nicht mehr da war. Während ich in die Fotos vertieft gewesen war, musste er fortgegangen sein. Vermutlich hatte er sich nur tiefer in die Höhle begeben, um seine Notdurft zu verrichten. Doch wo er auch sein mochte: Ich war allein mit diesem riesigen Monstrum, das nun mit lautem Grollen tiefer in die Höhle kam – und auf mich zu. Die Bestie entpuppte sich als gewaltiger Grizzly und weil ich mich bereits an der Höhlenwand befand, hatte ich keine Chance mehr, ihm zu entkommen. Vor Angst völlig versteinert, sah ich hilflos mit an, wie sich das gefährliche Tier immer weiter näherte.

Als der Bär einen geschätzten Meter vor mir stand, wurde die Höhle durch einen lauten Knall erschüttert. Der ganze Körper des Raubtiers bebte und zuckte kurz. Noch ein halb ersticktes kehliges Grollen, dann brach das Ungetüm vor meinen Füßen zusammen und gab die Sicht frei auf den Ursprung des kra-

Ich war allein mit diesem riesigen
Monstrum, das nun mit lautem Grollen
tiefer in die Höhle kam – und auf mich
zu. Die Bestie entpuppte sich als
gewaltiger Grizzly und weil ich mich
bereits an der Höhlenwand befand, hätte
ich keine Chance mehr, ihm zu entkommen.
Vor Angst völlig versteinert, sah ich
hilflos mit an wie sich das gefährliche
Tier immer weiter näherte.

chenden Geräusches. Im Lichtkegel des Eingangs erkannte ich den Schemen eines Mannes, der sein Gewehr immer noch im Anschlag hielt, als wartete er darauf, dass sich sein Opfer noch einmal bewegte. Diese Sorge war aber ganz offensichtlich unbegründet; der Jäger schien ein treffsicherer Schütze zu sein. So ließ er die Waffe dann auch sinken und schritt langsam auf den toten Grizzly zu. Dabei murmelte er etwas in der Art, was das doch für ein kapitaler Bursche sei.

Ich hingegen konnte mich aus meiner Erstarrung noch nicht lösen und blickte abwechselnd auf den Jäger und seine Beute. Schließlich sprach mich der Mann an und fragte mich, was mich bloß geritten haben musste, eine Bärenhöhle zu betreten und dass ich von Glück reden konnte, weil er diesem Ungeheuer schon seit einiger Zeit auf den Fersen sei.

Erst jetzt bemerkte ich, mit wem ich es zu tun hatte: Dieser Mann, der mir soeben das Leben gerettet hatte, war zweifellos Bills Vater. Schließlich hatte ich eben erst ein Foto von ihm in der Hand gehalten. Merkwürdig war jedoch etwas in seinem Gesicht. Auf der Abbildung, die nicht wirklich alt sein konnte, war er höchstens Mitte Dreißig. Derjenige, der jetzt vor mir stand, war jedoch mindestens in seinen Sechzigern. Wie war das zu erklären? Doch noch bevor ich darüber weiter nachdenken konnte, bemerkte der Mann das Kästchen, das ich immer noch eisern umklammert hielt. Seine Augen weiteten sich, und er fragte mich

mit strenger Stimme, wie ich an diesen Gegenstand gekommen sei. Ich antwortete wahrheitsgemäß, dass er sich hier in der Höhle befunden habe. Von Bill sagte ich nichts. Der Jäger bat mich, ihm den Kasten auszuhändigen, und ich leistete der Bitte Folge. Er öffnete ihn, sah kurz hinein und verschloss ihn augenblicklich wieder. Dann senkte er den Kopf, und ich glaubte, eine Träne an seiner Wange hinabgleiten zu sehen. Er flüsterte ein paar Worte, von denen ich jedoch nur die Hälfte verstand: Es sei Eigentum von William und er nähme diese Box jetzt besser mit – so etwas in der Art. Dann riet er mir noch, auf dem Heimweg die vorgegebenen Wege zu benutzen.

Allmählich hatte ich meinen Schock überwunden. Dennoch fing ich keine weitere Konversation an; die Situation erschien mir auf seltsame Art etwas unwirklich. So schickte ich mich an, die Höhle zu verlassen, wurde aber noch einmal von dem Alten aufgehalten. Etwas in meinem Gesicht komme ihm bekannt vor, sagte er. Ich verriet ihm meinen Namen und verwies ihn auf meine Ähnlichkeit mit meinem Vater, der früher schon einmal hier gewohnt habe. Da verzogen sich seine Gesichtszüge zu eben der Traurigkeit, von der Bill mir erzählt hatte, und er meinte nur, ich sollte doch jetzt besser gehen.

Als ich zu Hause ankam, hatte ich den Schreck zum größten Teil überwunden und konnte meinen Eltern das Geschehnis als grandiose Abenteuergeschich-

te auftischen. Mutter zeigte sich dabei jedoch eher besorgt als gut unterhalten und fragte mich energisch, ob ich mir eigentlich im Klaren darüber war, was da alles hätte passieren können. Vater gab ihr beiläufig Recht, verfiel allerdings mit dem Fortschreiten meiner Geschichte immer mehr in eine seltsame Nachdenklichkeit. Er stellte mir ein paar seltsame Fragen über Bill – wie alt er sei und wie er aussähe. Auch war er nicht sehr glücklich darüber, dass ich seinem Vater erzählt hatte, dass er in diese Gegend zurückgekehrt war, obwohl er offenbar wusste, dass der Alte samstags hier auf die Jagd ging. Es schien fast so, als wäre Bills Vater irgendwie Teil seiner ursprünglichen Bedenken gewesen, zurück in seine alte Heimat zu ziehen. Vater beendete seine Überlegungen und Fragen mit der eindringlichen Bitte an mich, in Zukunft besonders vorsichtig zu sein und nach Möglichkeit eine weitere Begegnung mit Bills Vater zu vermeiden. Trotzdem glaubte ich irgendwie dabei herauszuhören, dass seine eigentlichen Sorgen sich mehr um meine Freundschaft mit Bill selbst drehten.

Die ganze Situation war durchaus befremdlich: Bill wohnte mit seinem Vater in einem völlig heruntergekommenen Haus. Die anderen Kinder kannten ihn gar nicht, obwohl Bill beteuerte, dauernd von ihnen gehänselt zu werden. Bill hortete Gegenstände in einer Höhle, von der er seitens seines Vaters wissen musste, dass es sich bei ihr um einen Bärenunterschlupf han-

delte. Und dann war da noch die Sache mit dem Altersunterschied zu seinem Vater und die Fotos, die gerade in dieser Hinsicht irgendwie zeitlich nicht passend erschienen. Und noch dazu Vaters Zurückhaltung in dieser Angelegenheit. Was hatte das alles auf sich? War es möglich, dass derjenige, der mir das Leben gerettet hatte, in Wirklichkeit Bills Großvater war? Oder war der Junge auf den Bildern gar nicht Bill, sondern sein verstorbener Bruder, um den der Alte so sehr trauerte? Eigentlich waren das die einzigen beiden logischen Möglichkeiten, die sich anboten. Doch weder die eine noch die andere Variante erklärte die Sache mit der Höhle. Oder hatte Bill das schon vorher geplant und mich absichtlich in eine Falle gelockt? Fast ließen die Umstände diese Schlussfolgerung zu, doch ich verwarf sie sehr schnell wieder, da sie jeder vernünftigen Begründung entbehrte.

Am folgenden Tag traf ich mich mit meinen anderen Freunden bei David und erzählte auch ihnen, was gestern vorgefallen war. Den genauen Ort der Höhle erwähnte ich jedoch nicht, um Bills Versteck nicht zu verraten. Der Jäger war ihnen allen flüchtig bekannt, doch hinsichtlich seines Sohnes wussten sie immer noch nicht, von wem ich sprach. Auch von ihnen bekam ich die eindringliche Mahnung, die Wege nicht zu verlassen. Im Wald gebe es so manches gefährliche Tier, und gerade samstags, wenn der Alte auf der Jagd war, würde hier eben auch mal geschossen, so sagten

sie. Dann wurde das Thema wieder auf andere Dinge gelenkt, und ich war immer noch so schlau wie zuvor. Es schien, als würde ich mich bei dem Rätsel um Bill im Kreise drehen.

Davids Eltern machten uns an diesem Sonntagnachmittag bereits klar, dass sie mit ihrem Sohn später noch ein Restaurant aufsuchen wollten, und so brachen wir das Treffen relativ früh ab. Auf dem Heimweg traf ich auf jedoch Bill. Er saß am Wegesrand auf dem Baumstumpf just an der Stelle, an der wir uns zum ersten Mal begegnet waren. Er sah mich reumütig an, und ich musste nicht lange fragen, wo er gestern in der Höhle so plötzlich abgeblieben war. Er entschuldigte sich vielmals und gab an, dass er den Grizzly schon hatte kommen sehen und im Glauben war, dass ich ihn auch bemerkt hatte. Er war daher tiefer in die Höhle gerannt, und als er seinen Vater mit dem Gewehr hinter dem Bären gesehen hatte, wusste er, dass nichts mehr passieren konnte. Er habe sich aber eben wegen seinem Vater nicht mehr getraut, wieder hervorzukommen. Auf meine Frage, ob er denn nicht gewusst habe, dass es sich um eine Bärenhöhle handelte, meinte er nur, dass man überall auf gefährliche Tiere treffen konnte und sich dann streng genommen gar nicht mehr draußen aufhalten durfte. Er sei doch schon oft in seinem Versteck gewesen, aber es sei gestern das erste Mal gewesen, dass der Bär auch tatsächlich aufgetaucht wäre.

Ich gab mich mit seiner zugegebenermaßen etwas »fahrlässigen« Erklärung zufrieden, sagte ihm, wo ich gerade herkam und dass noch genug Zeit für Unternehmungen sei. Bill schlug vor, am See ein wenig baden zu gehen. Das hielt ich für eine gute Idee, denn es war fast annähernd so heiß wie gestern. Ich sagte ihm, dass ich zuvor aber erst meine Badehose holen müsse, und so verabredeten wir uns in einer Stunde am Seeufer.

Vater war nicht zu Hause. Er war mit dem Wagen kurz in den Ort gefahren, um ihn für die kommende Woche zu betanken. So erklärte ich Mutter unser Vorhaben, zog meine Badehose unter und machte mich wieder auf den Weg. Ich war schon den ganzen Hinweg gerannt und völlig außer Puste. Für den Weg zum See brauchte ich daher etwas länger und bei der momentanen Sommerhitze freute ich mich jetzt schon auf das gleich zu erwartende kühle Nass.

Bill wartete wie vereinbart am Ufer. Ich entledigte mich meiner Kleidung und gemeinsam tauchten wir ein in die stillen Fluten. Bill blieb immer in der Nähe des Ufers in den Bereichen, wo er noch stehen konnte. Etwas schüchtern gab er schließlich zu, nicht schwimmen zu können. Also beschränkten wir unseren Badespaß auf die seichteren Stellen des Gewässers.

Wir tobten vermutlich eine halbe Stunde im Wasser herum, als ich plötzlich bemerkte, dass mein Shirt nicht mehr am Ufer lag. Ich ließ meinen Blick herumwandern und entdeckte es schließlich ein gutes Stück

entfernt von uns im Wasser, wo es immer weiter auf den See hinaustrieb. Wie war es dort hingekommen? Zwischen der Stelle, wo wir unsere Sachen abgelegt hatten und dem Wasser waren es gute fünf Meter; es konnte unmöglich von allein in den See gerutscht sein. Möglicherweise hatte irgendein Tier es mit sich geschleppt. Ich entschuldigte mich kurz bei Bill und schwamm los, um es zu holen. Es war schon gute zehn bis zwölf Meter weit vom Ufer ins tiefe Wasser fortgetrieben. Als ich es ergriff, drehte ich mich um und wollte Bill den nassen Klumpen zuwerfen. Doch Bill war nicht mehr da.

Ich rief nach meinem Freund, bekam aber keine Antwort. Irgendwie erinnerte mich die Situation an das gestrige Vorkommnis in der Höhle. Offenbar hatte Bill die Eigenart, urplötzlich zu verschwinden und ich hoffte, dass er nicht bei seinen mangelnden Schwimmkünsten versucht hatte, mir zu folgen und untergegangen war. Ich suchte mit hektischen Blicken das Ufer ab. Nichts. Bill war fort.

Als ich gerade einen kräftigen Schwimmzug unternehmen wollte, um zurück ans Ufer zu gelangen, spürte ich, wie sich unter Wasser etwas um meinen linken Fuß wickelte. Offensichtlich gab es hier Schlingpflanzen, und ich versuchte, das Gewächs mit dem anderen Fuß abzustreifen. Dies erwies sich als aussichtsloses Unterfangen. Stattdessen wurde ich allmählich immer weiter hinuntergezogen. Panik ergriff mich,

und in meinem Schrecken wurde es mir nur am Rande bewusst, dass dieses Ding, das meinen Fuß umklammert hielt, eigentlich viel zu dick war für eine Schlingpflanze. Es fühlte sich vielmehr an wie *Finger*.

Ich strampelte und wand mich, um loszukommen, doch jeder Versuch zog mich weiter nach unten, und ehe ich noch vorsorglich Luft holen konnte, war ich schon mit dem Kopf unter Wasser. Ich versuchte nun in meiner Not, die Hände zu Hilfe zu nehmen, und was ich fühlte, ließ mich vor Schreck erstarren. Denn das, was ich zu fassen bekam, fühlte sich tatsächlich an wie Fingerknochen – *sehr dürre und fleischlose* Fingerknochen.

Ich öffnete die Augen und blickte in eine groteske, halbverweste Fratze, die mich wie eine infernalische Karikatur von Bill aus der Tiefe angrinste. Seine verfaulten Finger hielten meinen Fuß fest in ihrem Griff, und auch seine andere Hand streckte sich bereits nach mir aus. Ich trat nach der Erscheinung, bei der es sich nur um eine im Todeskampf entstandene Sinnestäuschung handeln konnte, doch das grauenhafte Etwas ließ nicht von mir ab. Meine Luftreserven waren so gut wie aufgebraucht, und die ersten Sterne und Funken tanzten bereits vor meinen Augen. Die Halluzination dahinter änderte sich jedoch nicht.

In dem Moment, als ich schon mit allem abgeschlossen hatte und meine Lungen durch einen kräftigen Atemzug mit Wasser füllen wollte, packte mich

plötzlich etwas an den Schultern; etwas, das stärker war als das, was mich in die Tiefe zog. Mit einem Ruck war ich befreit und an der Wasseroberfläche. Sauerstoff strömte in mich ein und verscheuchte im letzten Moment den schon begrüßten Tod.

Hustend und keuchend blickte ich in das Gesicht meines Vaters, der jedoch nicht mich ansah, sondern ungläubig zu einem bestimmten Punkt im See hinausstarrte. Ohne seinem Blick zu folgen, fragte ich zuerst nach Bill. Und Vater antwortete mir wie hypnotisiert, es gäbe keinen Bill. Schon lange nicht mehr. Er verleugnete das, was er da im See so paralysiert anstierte, denn als ich mein Gesicht wandte, sah ich Bills Kopf zur Hälfte aus dem tiefen Wasser ragen, schweigend und lauernd, wie ein Krokodil seine Beute fixierte. Dann sank er so langsam und geräuschlos zurück ins Wasser, dass noch nicht einmal Ringe oder Bläschen auf der Oberfläche zurückblieben.

Als ich wieder zu meinem normalen Atemrhythmus zurückgefunden hatte, fragte ich meinen Vater, was das alles zu bedeuten hatte. Schließlich musste es einen Grund geben, warum er mir bis zum See gefolgt war. Und dies war der Moment, in dem Vater sein Schweigen endlich brach.

Sein Name war William Cayce. Er wohnte in den sechziger Jahren hier in der Gegend, als Vater selbst noch ein Kind gewesen war. William war kleinwüchsig und hatte eine Persönlichkeitsstörung, die man

heute als »Schizotypie« bezeichnen würde. Er sehnte sich nach gesellschaftlichen Kontakten, konnte diese aber nicht aufrechterhalten. So wurde er von den Kindern in seiner Umgebung nur als verschroben wahrgenommen. Alle nannten ihn nur abfällig den »Knirps«. Man machte sich lustig über ihn und spielte ihm sehr üble Streiche. Vater nahm dabei gewissermaßen die Rolle eines Rädelsführers ein. Kinder seien untereinander oft sehr grausam und wüssten nicht, was sie tatsächlich damit anrichteten, sagte er. Irgendwann wurde Vater zugetragen, dass William nicht schwimmen konnte, und das nahm er als Basis für einen weiteren Streich, der sich übel entwickelte. Vater hatte ein kleines Ruderboot mit Hilfsmotor entwendet und ärgerte den Jungen mit dessen Angst vor dem Wasser. Schließlich hatte er William so weit, dass er sich auf eine Fahrt mit dem Boot einließ. Vater band ihn mit einem Strick an dem Boot fest – angeblich natürlich nur, um ihn retten zu können, falls er über Bord ging. Doch tatsächlich führte er etwas anderes im Schilde, was er skrupellos durchführte. Nachdem sie zur Mitte des Sees gerudert waren, warf er William ins Wasser und schaltete den Motor des Bootes ein, worauf der Junge wild durch das Wasser gezogen wurde. Vater hatte ihm dabei nur lachend zugerufen, was er doch in Wirklichkeit für ein schneller Schwimmer sei. Das Seil, an dem er sein Opfer befestigt hatte, war sehr lang, und so wurde es beim Wenden des Bootes von dem

Rotor des Motors durchtrennt. Vater hatte das nicht bemerkt, und als er eine weitere Drehung mit dem Boot vornahm, überfuhr er William damit, der nun in die Rotorblätter geriet. Sein Bauch wurde dabei der Länge nach aufgerissen; der Junge musste sofort tot gewesen sein.

Immerhin hatte Vater den Schneid, zu Hause von dem Vorfall zu berichten. Daraufhin machte sich eine große Mannschaft der hiesigen Polizei auf, um nach der Leiche zu suchen, was jedoch erfolglos blieb. Niemand konnte sich zunächst einen Reim darauf machen, dass etwas in einem klar abgegrenzten See einfach verschwinden konnte. Die Lösung des Rätsels traf alle einige Wochen später wie ein Hammerschlag, als es zu starken Regenfällen kam und der See plötzlich überlief. Die Wege ringsherum standen im Hochwasser, was in dieser Form noch nie vorgekommen war. Da fiel einem Stadtbediensteten ein, dass die Gründungsväter des Ortes eine Art Kanalisation unter dem See zur Vermeidung von Überschwemmungen installiert hatten, und genau dort, im Hauptrohr, hatte sich Williams Leiche verfangen und den Überlauf verstopft. Die Eltern des Jungen mussten ihren Sohn, der wochenlang tot und zerrissen unter Wasser gelegen hatte, im Leichenschauhaus identifizieren. Es ist sicherlich kaum nachfühlbar, was jemand zu erleiden hat, wenn er die aufgedunsene Wasserleiche seines eigenen Sohnes zu Gesicht bekommt. Es führte dazu,

dass Williams Mutter Selbstmord beging und der Vater daraufhin mit einem Nervenzusammenbruch ins Krankenhaus eingeliefert werden musste. Er litt seitdem an schwersten Depressionen, verfluchte unsere gesamte Familie und zog aus der Gegend fort. Lediglich zum Jagen kam er an Wochenenden gelegentlich hierher, und dies war der eigentliche Grund für Vaters Vorbehalte.

Als mein Vater seine Geschichte beendet hatte, warf ich ein, dass etwas an der Geschichte nicht stimmen konnte. Bill sprach von dem damals einzigen Kind seines Vaters, das er verloren hatte. Er musste demnach sein zweiter Sohn sein, und die beiden wohnten doch zusammen noch in dem alten Haus im Wald.

Vater nahm mich an der Hand und forderte mich auf, ihm zu folgen, damit ich die Wahrheit endlich begriff. Er betonte unterwegs, niemals abergläubisch gewesen zu sein, aber als ich angefangen hatte, von Bill zu erzählen, war er hellhörig geworden. Insbesondere das Vorkommnis mit dem Bären hatte ihm zu denken gegeben, und nachdem er von Mutter über die Einladung zum See informiert worden war, hatte er ein unmittelbar bevorstehendes Unheil gespürt und sich sofort auf den Weg gemacht.

Das Haus der Cayces tat sich in der Abendsonne vor uns auf. Das eiserne Tor in dem Gitter, das zu dem Anwesen führte, war verrostet und brach knirschend auseinander, als wir es öffneten. Das Gebäude roch

schon von Weitem nach Moder. Die Fenster waren zum Teil zertrümmert, und große Löcher waren in den Wänden zu erkennen. Ohne anzuklopfen stieß Vater die verfaulte hölzerne Haustür auf, die nicht etwa an ihren Scharnieren aufschwang, sondern nach kurzem Knarren komplett ins Innere des Hauses fiel. Staub wirbelte vom Boden auf und bescherte mir beinahe einen Niesanfall. Mit weit aufgerissenen Augen blickte ich mich in dem Haus um, das ohne Zweifel seit Jahrzehnten nicht mehr bewohnt war. Möbel waren nicht mehr vorhanden, und Spinnweben hatten längst den Platz der Tapeten eingenommen. Über allem anderen lag eine graue Staubschicht, in der sich Spuren von verschiedenstem Kleingetier eingegraben hatten. Und über allem lag eine traurige, resignierende Stille.

Und in diesem Moment brach die Wahrheit, die eigentlich schon lange auf der Hand lag, über mich herein. »Bill« war die Kurzform von »William« und als mein eigenbrötlerischer Freund von dem einzigen Kind seines Vaters erzählt hatte, da hatte er von sich selbst gesprochen. Die Fotos, die mir solche Rätsel aufgegeben hatten, waren tatsächlich schon Jahrzehnte alt. Und der Bill, den ich kennengelernt hatte, war nichts anderes als ein *Geist*, der durch den Fluch seines Vaters Gestalt angenommen hatte. Und er trachtete *mir* nach dem Leben, um *meinem* Vater das anzutun, was dieser *seinen* Vater einst erleiden lassen hatte.

Noch heute taucht Bill zuweilen in meiner Umgebung auf, doch er nähert sich mir nicht mehr. Er ist

noch immer der Knirps, als den ich ihn als Junge kennenlernte. Manchmal kreuzt er im Wald meinen Weg oder er steht zwischen den Bäumen und beobachtet mich. Er stellt mir Fallen – *tödliche* Fallen. Mal hebt er Gruben im Wald aus, mal lässt er an einem Hang Steine auf mich herabprasseln; Ideen halt, wie Kinder sie entwickeln. Doch wie Vater mir damals schon sagte: Kinder können oft grausam sein … auch wenn sie Geister sind. Und selbst während ich dies schreibe, starrt er mich durch die Büsche in unserem Garten durchs Fenster an.

Wenn mein Vater dereinst seinen letzten Weg antritt, wird Bill sich dann ebenfalls zurückziehen? Es gibt Indizien, die darauf schließen lassen, doch wie weit der Fluch des alten Cayce wirklich auf unserer Familie lastet, vermag ich nicht zu sagen. Tatsache ist lediglich, dass ich auf der Hut sein muss, denn Williams Geist ist nach wie vor allgegenwärtig. Und wenn ich nicht gut auf mich aufpasse, wird er mich irgendwann kriegen.

Die verlorenen Seiten

Svea Kerling

Die verlorenen Seiten

(oder: Meine erste Begegnung mit dem Mann mit Hut)

I. Die Ankunft

Die Unterkunft war besser, als ich es mir erhofft hatte. Anderseits war sie auch schlechter, als ich es geahnt hatte. Diese Unterkunft war nun mal so, wie sie war. Sie mit *schäbig* zu beschreiben, wäre unzutreffend gewesen. Die Einrichtung mag wohl spartanisch angemutet haben, doch sie war zweckmäßig und zu ihren besseren Zeiten mit Sicherheit fraglos respektabel ansprechend gewesen. Nunmehr jedoch hatte es den Anschein, als würden die zwei klapprigen Stühle dem unscheinbaren Tisch als Stütze und nicht für Gäste als Sitzgelegenheit dienen.

Ich stellte meine Reisetasche auf den Tisch. Zu meiner Überraschung krachte dieser unter der Last meines Gepäcks nicht zusammen. Ich muss gestehen, meine Bagage hatte nicht viel Gewicht. Nur das Notwendigste war enthalten, der Inhalt sollte für zwei Wochen reichen. Mehr Zeit würde ich nicht brauchen, um meine Arbeit zu vollenden. Ein letzter Blick zur Tischplatte. Vor Jahren hätte man hier bequem am Tisch Platz nehmen können, um durch das offene Fenster der Meeresbrandung zu lauschen und sich,

womöglich mit frischgebrühtem Kaffee und ein paar Keksen, die Zeit zu vertreiben. Heute war der Tisch durch eine geschmacklose Plastikdecke abgedeckt. Diese Tischdecke hätte jeden Kriminologen zweifellos überfordert. Ungezählte Schichten fettiger Fingerabdrücke hafteten auf dem unappetitlichen Wachstuch. Meinem Ekel zum Trotz fuhr ich mit der rechten Hand über den klebrigen Tisch und fühlte mich in meiner Annahme bestätigt. Mein dringender Wunsch nach Wasser führte mich in die hintere Ecke, wo eine mickrige Waschgelegenheit nichts Gutes versprach, doch ich wurde eines Besseren belehrt. Frisches, sauberes Wasser floss aus der Leitung und keine stinkende Brühe, die sich durch ächzende Leitungen quälte. Ein Handtuch war nirgends aufzufinden, so trocknete ich meine Hände durch mehrmaliges Abstreifen an meiner Hose.

Das Bett stand in der Mitte des Zimmers. Nicht *gänzlich* mittig, musste ich feststellen, aber ausreichend, um eine meiner zahllosen Neurosen einigermaßen zufriedenzustellen.

Die Vorhänge waren weiß. Vor Jahren gewiss. Nun glich es einem Grau, das sich dazu entschlossen hatte, zu einem Braun zu werden.

Vor dem Fenster fristete ein dunkler Sekretär sein Dasein. Unverkennbar mit einer dicken Staubschicht bedeckt, jedoch in einem erstaunlicherweise guten Zustand. Zweifellos hatte sich hier niemand mehr um

eine Reinigung bemüht, seit die Gäste ausgeblieben waren. So sehr die neu errichtete Bahnstrecke für viele Menschen einen Segen darstellte, so einsam und trostlos gerieten Orte wie diese in Vergessenheit. Mit der Bahn zog auch das vormalige Postamt weiter. Was blieb, war diese alte Schenke, die den Namen »Zur Post« nurmehr irreführend trug. Ein kleiner Friedhof direkt hinter der Kapelle und alte Menschen; in dieser Gegend wurde man nicht krank – man starb.

Ich suchte nach dem Lichtschalter. Natürlich war er auf der anderen Seite als vermutet und natürlich funktionierte er nicht. Oder auch die Birne. Oder beides. Neugierig versuchte ich mein Glück mit der Tischlampe und siehe da, es wurde Licht. Die Glühbirne hatte wohl etwas Zeit gebraucht, um sich zu entscheiden. Sie flackerte auffällig lange, doch schlussendlich zeigte sie Erbarmen und ließ unzählige kleine Staubwölkchen vor mir auftanzen. Ein faszinierendes Szenario, recht überlegt. Allmählich eröffnete sich mir ein Rhythmus zu dem Tanz und je mehr ich darauf starrte, umso mehr war ich überzeugt davon, es müsste sich um einstudierte Bewegungsabläufe handeln.

Nun, genug des tanzenden Frohsinns und zurück zur Realität. Ich knipste die Lampe aus, setzte mich aufs Bett. Es hielt das, was es versprach: mich. Alles, was ich zu tun hatte, war für einen regungslosen Schlaf zu sorgen. Jedwede Bewegung könnte hier fatale Auswirkungen nach sich ziehen.

Ich vergewisserte mich penibel, dass die Tür geschlossen war, und drehte den Schlüssel ein zweites Mal. Nicht zum Schutz vor Dieben, vielmehr wollte ich dem Wind damit Widerstand leisten, um ihm beim Hämmern gegen die Tür und beim Rütteln am Türknauf zu behindern. Doch wer konnte sich seiner Sache schon sicher sein? Womöglich empfand der Wind Lust dabei, sich durch den Türspalt zu drängen. Er würde hindurchsausen, zum Fenster preschen, gegen das Glas schlagen und den desolaten Fensterladen aufsprengen. Möglichkeiten gab es viele. Der Wind würde nicht um Einlass winseln.

In dem Moment riss der Wind das Fenster auf. Mein kurz davor auf dem Sekretär akkurat platzierter Stapel Papier wirbelte herum. Einzelne Blätter rauschten zu Boden, brausten unter das Bett, unter den Tisch oder glitten motivationslos zu Boden. Diese versuchte ich mittels akrobatisch anmutenden Einlagen einzufangen, noch bevor sie sich auf den schäbigen Dielenboden betten konnten. Flugs darauf hechtete ich zum Fenster und unter größtem körperlichem Einsatz gelang es mir, dieses zu schließen. Einen Wimpernschlag später und mein ganzes Manuskript wäre zum Teufel gewesen. So waren es nur ein paar Seiten, die mir wortwörtlich durch die Hände glitten und freilich für immer verschwunden waren. Entweder würde sie der Wind über die Klippen tragen, sie würden sich in einem Felsspalt verfangen oder auch in die darunterlie-

gende See segeln. Vielleicht würden meine beschriebe-
nen Seiten einem Fisch zur Mahlzeit dienen. Schlussendlich – waren sie weg. Auf ewig und immer.

Ich hatte den Wink verstanden. Der Wind nahm
sich das, wonach ihm der Sinn stand. Oder auch nicht.
Er nahm auch nur aus dem Grund, weil er konnte.

Tief betrübt entfernte ich mich vom Fenster. Im
Gegenzug verließ der Wind mein Zimmer. Zum Abschied rüttelte er demonstrativ kräftig an der Tür, bis
er schließlich unter lautem Gebrüll hindurchjagte. Sein
Geheule hallte noch eine Weile nach, während ich trotzig das Fenster schloss.

Ich setzte mich auf den Bettrand, verzweifelte an
dem Gedanken, jemals wieder mein Manuskript voll-
ständig in den Händen halten zu können. Die wegge-
fegten Blätter waren wohl für immer verloren. Doch
ich würde nicht so leicht aufgeben. Zu viel Blut und
Herz hingen an diesem Manuskript. Am frühen Morgen würde ich den Hang hinabsteigen und ihn nach
den verlorenen Seiten absuchen. Höchst unwahr-
scheinlich, dass mich auf meiner Suche das Glück begleiten würde, doch ich musste meiner Sache sicher
werden.

In meiner Mutlosigkeit, jemals wieder Ordnung in
dieses Chaos bringen zu können, mag ich wohl eingeschlafen sein, als ich mich, durch hellen Mondenschein
geweckt, am Boden wiederfand. Schlaftrunken rieb ich
mir die Augen. Der Wind huschte am Fenster vorbei

und klopfte zweimal. Auf allen Vieren robbend, bewegte ich mich auf den Schreibtisch zu und stemmte mich daran hoch. Da stand ich nun, die Arme in die Hüften gestemmt. Der Mond war hell genug, um das Zimmer neuerlich in Augenschein zu nehmen. Ich mochte wohl die letzten Stunden einem tranceähnlichen Zustand verfallen gewesen sein. Ich knipste die Lampe an, um der Sache näher auf den Grund zu gehen. Der Mond hatte es schon verraten, meine müden Augen hatten sich nicht getäuscht. Unverkennbar meine Schrift an der Wand. Hatte ich versucht, den Text meiner verlorenen Seiten wiederzugeben? Mir fehlte jedwede Erinnerung daran. An das Schreiben und an die Zeilen. Zweifellos trug das Geschriebene meine Handschrift, doch erschloss sich mir der Sinn in keinster Weise. Fürwahr konnte ich mich nicht an jeden Baustein meiner Seiten erinnern, doch dieses Skript an der Wand war mir gänzlich unbekannt. Unzusammenhängende Wortfetzen reihten sich aneinander. Ich konnte keinen Sinn darin erkennen.

Ein Klopfen an der Tür. Mein Körper zuckte zusammen. Ein Rascheln. Ein Klappern von Geschirr. Ein Keuchen. Aber natürlich, mir fiel es wieder ein. Ich strich mein Jacket flach. Meine Reisetasche stand weiterhin ungeöffnet auf dem hässlichen Tisch. Mein ursprüngliches Vorhaben, mit sicherem Schritt die Tür zu erreichen, scheiterte; es glich eher einem Dahinschleppen. Meine Knochen waren starr und müde von

meiner sitzenden Tätigkeit. Auch wenn ich die Seiten nicht wiederfände, so würde mir Bewegung sicherlich nicht schaden. Ich fuhr mir mit meinen Fingern durchs Haar und öffnete die Tür einen Spaltbreit.

»Guten Morgen«, schallte es mir entgegen. »Ich sah Licht unter der Tür und dachte, Sie würden sich über einen frühmorgendlichen Kaffee freuen.«

Was manche bloß dachten …

»Also hier bin ich. Frisch. Gebrüht. Heiß. Der Kaffe, natürlich.«

Warum bloß so laut? Vorzugsweise mitten in der Nacht.

»Vielen Dank. Für das Wecken. Für den Kaffee. Was anderes hätte ich auch nicht erwartet.«

»Also, ich weiß nicht«, kokettierte die alte Wirtin mit mir, »ob ich das als Kompliment auffassen soll oder Sie mich nur beleidigen wollen. Bei Schriftstellern muss man immer aufpassen. Hoffe, ich habe Sie nicht gestört.«

Sie zwinkerte mit dem rechten Auge. Und ich wusste nicht, ob dies ein bezirzendes Augenzwingern oder eher ein Nervenleiden darstellen sollte.

»Wie dem auch sei, Sie sehen müde aus und hier bin ich. Lassen Sie mich die Kanne auf den Tisch stellen und ich verschwinde wieder.«

Mit dem Tablett lehnte sie sich trotzig gegen den Türrahmen. Mein Herz machte einen Sprung.

»Nein, nein, keine Mühe meinetwegen. Geben Sie mir einfach das Tablett. Ich mach das schon.«

Ich stemmte meinen Fuß gegen die Tür, versuchte die Wirtin daran zu hindern, die Türe weiter zu öffnen.

»Der Wind, nicht wahr?«

»Bitte?«

Ich war verdutzt.

»Er macht Ihnen zu schaffen. Glauben Sie mir, bald haben sie sich an ihn gewöhnt und Sie werden sich fragen, wie Sie jemals ohne seine Lieder schlafen konnten.«

Ich nickte genervt und stellte mich demonstrativ in den Türspalt.

»Schon gut, ich verstehe, wenn ich unerwünscht bin. Schriftsteller reden ja nicht gerne. Also, ich sagen Ihnen, ich könnte ja auch ein Buch schreiben, aber ich wüsste ja nicht, wo ich anfangen sollte. Verstehen Sie? Der Anfang ist doch das Wichtigste, aber …«

»Ich verstehe, jedoch muss ich endlich etwas schlafen.«

Ich riss ihr förmlich das Tablett aus den Händen.

»Also hab ich Sie doch gestört? Da entschuldige ich mich vielmals.«

In Ihrer Aussage konnte ich keine Entschuldigung wahrnehmen, kein Bedauern, eher etwas, das sie mit Zufriedenheit zu erfüllen schien.

»Natürlich, ich dummes Weib. Schriftsteller arbeiten doch in der Nacht. Nichtsdestotrotz wird der Kaffee kalt.«

»Ich verrate Ihnen jetzt ein Geheimnis. Sie müssen aber darüber schweigen.«

Die Wirtin fuhr sich mit dem Zeigefinger über die geschlossenen Lippen und blickte mich interessiert an.

»Wollen Sie es hören? Aber wie gesagt: Keinen Laut darüber!«

Die Wirtin nickte.

»Natürlich, ich ….«

»Na na,« unterbrach ich ihren Satz, »kein Wort darüber.«

Die Wirtin beherrschte sich und schwieg.

»Schriftsteller trinken liebend gerne kalten Kaffee.«

Sie schickte mir einen misstrauischen Blick, der zu töten bereit war, und drehte sich auf dem Absatz um.

Sie stampfte zum Ende des Korridors, als sie mir zurief: »Frühstück gibt es um acht Uhr!«

»… und Schriftsteller frühstücken nicht,« säuselte ich vor mich hin.

»Und nehmen Sie das Tablett mit in die Gastwirtschaft … und das Kaffeegeschirr«, rief sie forsch.

II. Die Wirtin

»Schriftsteller, pah! Halten sich alle für Genies. Benehmen sich aber, als würde man sie bestehlen wollen. Als wäre man böswillig, nur weil man mit ihnen ins Gespräch kommen möchte.«

Na ja, gut – ein wenig neugierig durfte sie ja schließlich auch sein. Immerhin bekam sie nicht oft Gäste. Eher selten bis gar nicht.

In der Gaststätte sassen drei Leute.
Zwei alte Männer mit Bart, die keine
Notiz von mir nahmen und ein dritter
Mann mit Hut, der etwas
Unverständliches in meine Richtung
grummelte. Ich tat es als Begrüssung
ab und deutete ein Nicken an.

Damals war es noch ganz anders.

Damals herrschte hier reger Betrieb; alle Gäste-
zimmer waren vermietet.

Damals hatte auch noch ihr Mann gelebt.

Damals wurde hier viel gelacht, viel gearbeitet,
aber auch gesungen.

Damals stand hier ein Klavier im Gastraum. Ihr
Mann hatte eine provisorische Bühne erstellt. Etliche
Laienschauspieler wurden durch ihre Gaststube angelockt.

Doch dann ... es kam ganz anders und das Damals wird nie wieder.

Wie jeden Tag um die Uhrzeit polierte sie die Glä-
ser. Gemächlich. Eins nach dem anderen. Ob der einzige Gast, den sie hier beherbergte, davon Notiz nehmen würde? Gestern Abend stand er einfach vor der
Wirtshaustür mit seiner Reisetasche in der einen und
einem ledernen Etui in der anderen Hand. Er hatte sie
höflich nach einer Unterkunft gefragt für ein paar
Tage. Wie lange genau, hatte er ihr nicht beantworten
können. Oder wollen, so wie sie ihn nunmehr ein-
schätzte. Er hatte ihr angeboten, sofort für die kommenden zwei Wochen im Voraus zu bezahlen und sie
hatte zugestimmt. Er gab ihr sogar noch etwas mehr
als gefordert. Auf Ihre Antwort, dass zwei Wochen
doch etwas mehr wären als ein paar Tage, hatte er
ziemlich grimmig reagiert und augenblicklich sein
Geld zurückgefordert. Er sei Schriftsteller, hatte er sich
brüskiert, er müsse in Ruhe arbeiten und wenn das

hier nicht möglich wäre, so müsse er sich eine andere Bleibe suchen.

Die Wirtin hatte das Geld schneller gehen als kommen gesehen und ihre Taktik geändert.

»Sie müssen ja gänzlich durchgefroren sein, Sie armer Mann. Hier trinken Sie. Geht aufs Haus.«

Er hatte gierig ausgetrunken und bestellte ein paar nach – die Zeche hatte er unverzüglich beglichen. Zumindest hatte er Geld und das stellte sie einigermaßen zufrieden. Sie würde schon etwas über ihn erfahren. Irgendwer würde ja irgendetwas über ihn wissen. So war es schon immer gewesen.

III. Der Schriftsteller

Frühstück? Was redete sie von Frühstück? Es war keines ausgemacht. Nur Kaffe, und davon reichlich. Ich nahm einen Schluck und verzog angewidert das Gesicht. Ich nahm einen zweiten Schluck. Versuchte einen dritten und zuckte mit den Schultern. Man gewöhnt sich, war ich überzeugt, und schlürfte die Tasse leer. Ich ignorierte mein augenblickliches Sodbrennen und stellte das Tablett auf den Boden. Ich setzte mich daneben. Auf dem Boden ließ sich leichter denken. Schon als kleiner Junge hatte ich meine Hausaufgaben immer auf dem Boden zu Ende gebracht. Wohl gab es hierfür oft Schelte und Schläge von meinem Vater,

aber das war es mir wert. Oder ich war einfach nur stur. Vielleicht beides.

Ich wollte mich um den verteilten Papierhaufen kümmern. Zumindest der Wille war da, doch er erkaltete zusehends, so wie die schwarze Brühe – oder Kaffee, wie die Wirtin das undefinierbare Getränk nannte. Ich schenkte mir noch eine Tasse ein und blickte an die Wand.

Ich erinnerte mich. Meine Mutter hatte damals Stein und Bein geschworen, dass ich als Kind zum Schlafwandeln neigte. Sie hatte mich persönlich zwar nie dabei ertappt, aber jedwede andere Erklärung hatte sie als Hirngespinst verworfen. Sie hatte sich deswegen oft mit meinem Vater gestritten. Ich als Kind hatte jedes Wort gehört. Meine Mutter ließ ich im Glauben, ich würde tief und fest schlafen. Laut meinem Vater lag die Schuld gänzlich bei seiner Frau, meiner Mutter. Und bei ihrer Familie. Mein Großvater war wohl ein seltsamer Kauz gewesen. Ich hatte ihn leider nie kennengelernt und durfte keine Fragen, die ihn betrafen, stellen. Sobald sein Name auch nur die geringste Erwähnung fand, legte sich Stille über den Raum und das Gesagte. Kein Gemälde, auf dem er zu sehen war. Ein einziges Familienfoto – und darauf fehlte mein Großvater. Nur ein ausgeschnittenes Loch an der Stelle, an der er einst vor den Fotografen getreten war.

Das Manuskript zu ordnen entpuppte sich als unmöglich. Die fehlenden Seiten aufzufinden würde ebenso ein aussichtsloses Unterfangen werden wie je-

mals etwas über meinen Großvater in Erfahrung bringen zu können. Doch entschied ich mich kurzentschlossen, mir die Jacke überzuziehen und mich auf den Weg zu machen.

Es war noch kühl. Fröstelnd zog ich den Kragen hoch und rieb mir die Hände. Es brauchte nur ein paar Schritte, um über den Rand des Berghangs blicken zu können und nur ein paar Gedanken, um meine Suche frühzeitig abzubrechen. Mit meinen Schuhen würde mich dasselbe Schicksal ereilen wie meine fehlenden Seiten. Ich würde verschwinden und niemand würde sich die Mühe machen, mich zu suchen. Es war unmöglich, ohne Ausrüstung den Abstieg auch nur zu wagen. Dieses Unterfangen war nur etwas für Lebensmüde. Ich war zwar müde, aber noch wollte ich nicht sterben. Zumindest nicht so. Womöglich würde ich mir auch nur ein Bein brechen und in einem Vorsprung hängenbleiben. Wilde Tiere würden mich aufspüren und damit beginnen, mich aufzufressen. Diesem Schicksal wollte ich tunlichst aus dem Weg gehen. Vielleicht war Frühstück doch die bessere Option. Besser vielleicht nicht, doch sicherlich die mit den besseren Aussichten, zu überleben. Doch mir kamen abstruse Gedanken in den Sinn. Wenn ich mir das aus gegenwärtiger Sicht genau überlegte, wäre es ein Leichtes für die Wirtin gewesen, mich zu erschlagen, auszunehmen, zu zerteilen und zu Eintopf zu verarbeiten. Hatte sie nicht getan. Sie hätte gekonnt. Ohne Zweifel. Sie hätte nicht mal einen Grund gebraucht.

Aber ich schweife ab. Sie wollen doch das Ende der Geschichte hören. Und zwar derart, wie sie sich nach meiner Erinnerung nach auch zugetragen hat.

IV. Die Gaststätte

In der Gaststätte saßen drei Leute. Zwei alte Männer mit Bart, die keine Notiz von mir nahmen, und ein dritter Mann mit Hut, der etwas Unverständliches in meine Richtung grummelte. Ich tat es als Begrüßung ab und deutete ein Nicken an. Wie zu meiner Bestätigung fuhr er sich mit seiner knochigen Hand über den Rand seines Hutes. Ich konnte seine Augen nicht sehen. Diese waren gut verborgen hinter der großen Hutkrempe. Nichtsdestotrotz hätte ich schwören können, dass er unentwegt in meine Richtung starrte.

»Herr Schriftsteller. Wie gut, dass Sie es doch noch einrichten konnten.«

Die dicke Wirtin knallte mir eine große Portion Eier mit Speck auf den Tisch.

»Essen Sie! So hager, wie Sie sind, machen Sie bald dem alten Kauz mit Hut Konkurrenz.«

Sie beugte sich leicht über ihn, sodass ihre Brüste fast bis auf meinen Teller reichten. Ich schob ihn etwas zur Seite. Es interessierte mich nicht, doch wollte ich mal nicht unfreundlich sein und stieß ein »Danke« hervor.

»Der alte Mann mit Hut, er kommt jeden Morgen durch diese Tür. Setzt sich jeden Morgen dort hinten an denselben Platz. Er isst nichts. Bestellt ein Getränk, das er nie anrührt. Und geht. Die Zeche hinterlässt er mir auf den Pfennig genau am Tisch. Er ist irgendwie … na ja, irgendwie …«

»Unheimlich?«, fragte ich.

Sie nickte. Zum ersten Mal waren die Wirtin und ich einer Meinung.

»Ihr Schriftsteller findet immer die richtigen Worte. Ja, er ist unheimlich.«

»Ist er denn hier aus dem Dorf?«, bohrte ich weiter, denn er hatte mein Interesse geweckt.

So, jetzt war es geschehen. Ihre Brüste streiften meinen Tellerrand. Die Sache mit dem Frühstück war wohl gegessen.

Die Wirtin schüttelte den Kopf, sie nahm keine Notiz von ihren in meinen Teller hängenden Brüsten und flüsterte: »Das ist es ja: nein. Keiner kennt ihn. Keiner weiß, woher er kommt und wohin er geht. Und ich könnte schwören, letzten Winter …«

Die Wirtin blickte sich nach allen Seiten um – unauffällig, wie sie wohl annahm, jedoch weit gefehlt. Der alte Mann mit Hut drehte den Kopf in unsere Richtung.

»… also, letzten Winter … es ist nicht meine Art. Ich bin ganz und gar nicht neugierig.«

»Aber nicht doch, natürlich sind Sie das nicht …«, bekräftigte ich ihre Falschaussage, doch ich kümmerte mich nicht weiter darum.

Ich war diesmal ehrlicherweise neugierig und war gespannt darauf, was die alte Schabracke zu sagen hatte.

»Also, er ging und schloss die Tür hinter sich. Wie gesagt, es war Winter und es lag Schnee und wie soll ich es sagen? Ich fand keine Fußspuren.«

»Soll das heißen …«, flüsterte ich.

»Ich weiß nicht, was das zu bedeuteten hat, aber ich fand keine Spuren. Ich hatte mir extra eine Laterne geholt.«

»Hatte es die ganze Zeit über geschneit? Vielleicht …«

»Nein, es lag kein Neuschnee, der die Spuren hätte verdecken können. Und es war vollkommen windstill in dieser Nacht, was ja den ganzen Vorfall noch unheimlicher erscheinen lässt. Hier geht ständig der Wind … wie Ihnen ja sicherlich nicht entgangen ist.«

Ich sinnierte: »Somit hätten man seine Fußspuren deutlich sichtbar im Schnee finden müssen.«

»Wissen Sie nun, was ich meine?«

Wüsste ich es nicht besser, hätte ich etwas Angst in ihrer Stimme hörten können. Die Wirtin hatte meinen vollen Zuspruch. Ja, es war unheimlich.

Die alte Wirtin schüttelte ihr Dekolleté zurecht und tätschelte meinen Hinterkopf.

»Und nun essen Sie, lieber Herr Schriftsteller, und glauben Sie nicht alles, was man Ihnen erzählt. Keine Ahnung, wer der Kauz ist. Zugegeben, eine nette Geschichte. Sie können ruhig darüber schreiben. Ich hätte ohnehin nicht die Geduld dafür.«

Ich sah mich um. Wer war hier nicht irgendwie unheimlich? Zumindest eigenartig. Ich? Mit meinem Block auf dem Schoß.

»Ich weiß nicht, was ich von Ihnen halten soll, Herr Schriftsteller. Weiß nicht, woher Sie kommen, wohin sie gehen und warum. Doch eines weiß ich: Das Leben, so scheint es, hat Ihnen übel mitgespielt. Ich …« Sie hielt kurz ich inne. »Ich kann es in Ihren Augen sehen.« »Ja, ja,« murmelte ich.

Wortlos verschwand die alte Wirtin in der Küche.

V. Der Mann mit Hut

Ich blickte zu dem Mann mit Hut. Er schmunzelte. Zumindest hielt ich es für ein Schmunzeln. Er stand auf und kam auf mich zu, um es sich auf dem Stuhl neben mir bequem zu machen.

»Hallo, Unfried. Schön, dass du es endlich einrichten konntest.«

Hätte ich gegessen, wäre mir das Essen im Halse steckengeblieben. So war es nur meine eigene Atemluft, an der ich elendig ersticken würde.

Er fuhr fort: »Diese Zeit vor dem Drama ist mir immer die liebste. Es ist die Zeit der Ruhe.«

Ich hatte Mühe zu atmen. Zu denken. Zu fragen. Ich musste die Züge eines Wahnsinnigen angenommen haben. Die zwei bärtigen Männer am gegenüber-

liegenden Tisch verhielten sich jedoch ruhig, als würde ihnen das Szenario gerade entgehen.

»Hallo ... hallo? Frau Wirtin ...«

Ich wusste den Namen der Wirtin nicht. Der Mann mit Hut lächelte.

»Ihr Name ist Laureen. Sie arbeitet schon eine ganze Weile hier. Irgendwann hat sie wohl vergessen, die Jahre zu zählen.«

Ich stotterte: »Und Sie sind ...«

Er strich über die Hutkrempe.

»Dies tut nichts zur Sache, lieber Unfried, ich bin stets dort, wo immer sich zwei oder mehr in meinem Namen versammeln. Ein wenig seitab, und ich warte. Die Akteure sind nicht meine Aufgabe.«

»Aber woher wissen Sie meinen Namen?«

»Mein lieber Unfried, ich kannte deine Mutter. Hab sie begleitet. War immer für sie da. Auch nach ihrem Tod ...«

Tot. Ja, genau, das musste das Stichwort sein. Ich war tot. Ich war den Hang hinuntergeklettert, war gestürzt und lag mit gebrochenem Genick unter irgendeinem Felsen.

»Ich bin tot.«

Der alte Mann mit Hut sagte etwas, das ich noch viele Male hören würde.

»Ja, Wahrheit schmerzt, und sie ist doch nichts mehr als ein Irrtum.«

Der Schattenpsalter

J. Mertens

MITTERNACHT

Ganz leis, ein zartes Ticken nur
Schiebt sich der Zeiger der alten Uhr
Hin zur Zwölf, zur Geisterstund'
Es öffnet sich der Nebelschlund

Dein Herz, es rast und stolpert dabei
Als Schatten und Grabesallerlei
Sich befreien aus Lichtes Bann
Zum Feitstanz mit dem Sensenmann

Fahle Geigen erschallen bei Nacht
Grimmig des Hades Gevölk dich verlacht
Die Bögen, sie schnarren die Saiten entlang
Aus offenen Gräbern strömt Leichengestank

Derwische tanzen im Mondenschein
Du suchst fromme Hilfe, doch siehst dich allein
Der Spuk, er greift um sich mit klagendem Ruf
Es schlägt auf die Erde des Finsteren Huf

Ratten an toten Gebeinen nagen
Das Buch des Verderbens wird aufgeschlagen
Es wird offenbart, was begraben lag
Seit ewig, seit Äonen, Tag um Tag

Du schreist, suchst den Ausweg aus diesem Gefild'
Doch springst du nur in dein Spiegelbild
Die Neugier war's, die dich wachen ließ
Und dich jetzt in den Abgrund stieß

Die Gräber werden zum Zentrum der Sucht
Nach Leben, nach Odem der Menschenzucht
Gespenster funkeln in Lunas Glanz
In Verkehrtheit funkelt ihr Strahlenkranz

Der Reigen, er dreht sich in rastloser Gier
In Wahnsinn, in Tanzwut, in irrer Manier
Erhebt sich in Stöhnen und qualvoller Pein
Und stößt in den nächtlichen Himmel hinein

Und dann, wie ein Urknall aus schwarzem Rauch
Zerstäubt das Gebilde zu losem Schmauch
Breitet sich aus und senkt sich wieder
Verteilt sich über die Welt danieder

Dies ist die Erfüllung der dunkelsten Schrift
Die Benetzung der Erde mit Totengift
Gelächter am Himmel, das Echo im Grab
Von jedem, der für die Stunde starb

Die Zeit verrinnt, du erträgst es kaum
Dann, wie die Rückkehr aus einem Traum
Schließt sich der Kreis der Stunde im Nu
Und in deinem Herzen ist wieder Ruh'

Der Tag, er verjagt die Schrecken der Nacht
Doch die nächste Schwärze ist schon bedacht
Du nimmst sie wahr mit verlor'nem Verstand
Die zarte Berührung der eiskalten Hand

SEELENBISSE

Nur ein Wort, kaum ernst gedacht
Entwand sich deiner Lippen
Doch stürmte es mit Donnermacht
Und biss mich in die Rippen

Wie ein Wurm fraß es hinein
Sich in die Herzenskammer
Dort schlug es weiter auf mich ein
So wie ein Vorschlaghammer

Es bohrte sich wie eine Schraub'
Vom Herzen bis zum Kragen
Es senkte sich in Fleischesraub
Und schlug mir auf den Magen

Du erkennst ihn nicht, den Dorn
Und willst zur Ruh' mich mahnen
Doch welchen Dämon du beschwor'n
Das kannst du nicht erahnen

Der Teufel, den du ausgesandt
In unbedachter Weise
Schnell seinen Weg zur Seele fand
Ganz heimlich, still und leise

Vergiftet bis zum Seelengrund
Durch infiziertes Wort
Es öffnet sich der Höllenschlund
Und reißt mich zu sich fort

Der Schmerz umgibt mein ganzes Ich
So greif ich zu den Klingen
Durchtrenn das Band, befreie mich
Hör keine Engel singen

Nur ein Wort, kaum ernst gedacht
Du stehst an meinem Grabe
Und fragst dich, was du falsch gemacht
Bist alles, was ich habe

In der Schwärze lauern sie

Ich wälze meinen nassen Körper
Mein Schweiß wird von den Kissen absorbiert
Ich möchte schreien, doch kann ich es nicht
Die Schlafparalyse setzt ein
Eine Nacht wie jede andere
In der mich die Angst schier umbringt
Meine Brust eingeengt
Mein Atem schwer
Das Herz rast und stolpert dabei
Ein Geräusch wie von Glocken
Nicht von draußen, sondern in meinem Kopf
Durchdringt meinen Verstand, meinen Geist
Die Schwingung öffnet die Tore
Sie kommen
Kommen hindurch
Die grinsenden Gesichter
Verlachen meine Furcht
Formlose Antlitze, weiße Fratzen
Ektoplasmatische Gebilde
Sie besitzen keine Seele
So trachten sie nach der meinen
Pflanzen ihre Drohungen in mein Sein
Stets aufs Neue
Nacht für Nacht

Denn ich selbst rief sie für meine Angst
Ich bin ihr gepeinigter Diener
Stehe ihnen zur Verfügung
Gebe mich den Qualen hin
Und ertrage das nächtliche Martyrium
Obwohl ich es nicht mehr aushalte
Denn verweigere ich ihnen bewusst meinen Schlaf
Dann, bei Gott, holen sie mich bei Tage

Sie besitzen keine Seele so trachten sie
nach der meinen. Pflanzen ihre Drohungen
in mein Sein. Stets aufs Neue. Nacht
für Nacht. Denn ich selbst rief sie für
meine Angst. Ich bin ihr geeinigter
Diener. Stehe ihnen zur Verfügung gebe
mich dem Zerfallen hin und ertrage das
nächtliche Martyrium.

DEIN GESICHT IM WASSER

Deine Augen
Fragend blicken sie mich an
Aus den Wellen heraus
Im See der Verzweiflung
Warum, fragst du
Vom Bootsrand aus sehe ich zu dir hinüber
Nicht von Backbord, sondern vom Heck
Tatenlos, wartend
Dein Haar tanzt im Spiel der Strömung
Sucht einen Weg hinaus
Doch du selbst wehrst dich nicht
Schönheit, umspült von kristallenem Glanz
Schmerz, der zum Sprung dich trieb
Vereinigen sich in deinem Antlitz
Das allmählich undeutlicher wird
Das Boot kämpft sich weiter durch die Wogen
Lässt dich zurück
Ein letzter Blick, eine erste Träne
Aus, vorbei, nie mehr
Wie tot bin ich bereits?
Und während du langsam in den Fluten versinkst
Versinke ich in Reue und Schmerz
Für das, was ich zuließ

Spottgeburt

Der Vater ein Säufer, die Mutter eine Irre
So seht ihr mein Blut in schändlichem Licht
Und legt mich in der Gesellschaft in enges Geschirre
Dann störe, belästige und ängstige ich euch nicht

Als Ungeheuer bin ich bei den Massen bekannt
Wie Quasimodo gemieden und grausam verschrien
Und in den Gassen der Stadt bis weit hinaus aufs Land
Ziert mein Schandgesicht eure Hassgalerien

Vom Leben da draußen, da haltet ihr mich fern
Bin euch Reste, Lumpen und Fraß nur mehr wert
Kaufen und verkaufen lasst ihr mich nicht gern
Und versuch ich es nur, so spür' ich euer Schwert

Bin das Objekt eurer Wut, bin der Gestank des Kotes
Als Sündenbock halte ich stets für euch her
Für das Saure in der Milch, für den Schimmel eures Brotes
Büße ich stets bis ins Mark, auch mit Federn und Teer

Und verschwindet ein Kind oder es stirb euer Vieh
Dann war's der Niedere, wer sonst sollt' es sein
Es spricht sich gleich rum wie in Epidemie
Und der Pöbel geht los auf das Einsiedlerschwein

So kreuzigt die Spottgeburt vor den Toren der Stadt
Und benetzet mich reichlich mit des Teufels Kuss
Dass jeder erkennt, der den Freischein nicht hat
Was ihn im Inneren der Mauern erwarten muss

SCHMUTZTITEL

Schlag mich auf wie ein Buch
Du kennst meinen Namen, meinen Titel
Vielleicht mein Impressum
Doch was weißt du wirklich von mir?
Meine lügenden Augen
Und meine gespaltene Zunge
Halten so manchen Twist bereit
Hast du wirklich geglaubt
Dass mein Schmutztitel
Seinem Namen gerecht wird?
Vielleicht wurde er mir verliehen
Um von Schlimmerem abzulenken
Tiefe dunkle Geheimnisse zu verschleiern
Und dich in Sicherheit zu wiegen
Wohl schützt er meine Geschichte
Und den folgenden Buchblock
Doch ist selbst dieser Schmutztitel
Auch nichts als blendende Fassade
Denn dahinter
Wird es noch viel schmutziger

Sisiphos

Nein, was für ein schöner Tag
Die Sonne strahlt am Firmament
Keine Sorge, keine Klag
Sich drückend auf die Seele brennt

Die gemalte Strahlenpracht
Erhellt das lichtvolle Gemüt
Und wie der Himmel zu mir lacht
Lebendig meine Laune blüht

Den Pinsel in der rechten Hand
Und in der linken bunte Tusch
Schau ich auf die Leinenwand
Dass mir entgeht nicht leichter Pfusch

Dann vernehmen meine Ohren
Von weiter her den Unheilslaut
Kummer, Zwietracht wird geboren
Aus dem Himmel, der ergraut

Und schon fallen erste Tropfen
Auf die frische Farb' herab
Und ich höre, wie sie klopfen
Auf das, was ich geschaffen hab'

Und es löst sich auf das Helle
Kunterbunt verschmiert das Bild
Alles flieht von seiner Stelle
Unaufhaltsam, grob und wild

Nichts kann mehr gerettet werden
Ein Blitz erhascht die Staffelei
Feuer, Asche sinkt zu Erden
Alles ist nun aus, vorbei

Im Donner lacht der Unglücksbote
Verspottet laut mein mühsam Werk
Das täglich neu ich doch mir knote
Erniedrigt mich erneut zum Zwerg

Und wieder stürzt es mich in Schwärze
Nach getaner Müh' und Plag'
Sodass auch keine einz'ge Kerze
Helfend Licht mir bringen mag

WIDERNATUR

Ich scheue die Massen und meide den Strom
Die Ritter der Lügen mit Klingen aus Chrom
Du willst mich verstehen, doch siehst in mir nur
Die Widernatur

Die Hektik des Alltags, sie macht mich konfus
Mein Bedürfnis nach Ruhe hältst du für abstrus
Die Pfade des Molochs sind nicht meine Spur
Halt Widernatur

Was du unter Liebe verstehst, macht mich krank
So tiefe Gefühle - und Mammon zum Dank
Reduziert auf den Körper, da bleibe ich stur
Als Widernatur

Du strebst an die Spitze und trachtest nach mehr
Und treibst Emotionen wie wild vor dir her
Verbleibend im Dunkel verachtet dich nur
Meine Widernatur

Versprechen, von denen du dir was versprichst
Und die du im passenden Augenblick brichst
Sie ekeln mich an und ich halt meinen Schwur
Als Widernatur

Wenn alles zerbrochen, die Welt liegt in Schutt
Wenn Normen zerfallen, Systeme kaputt
Zertrete ich letztlich auch deine Statur
Du Widernatur

DER TURM DER LÜGEN

Auf einem durchdacht-organisierten Spielfeld
Besetzt mit Symbolen von Pflicht und Rausch
Tragen die Füße den kraftvollen Turm nach vorn
Im täglichen Kampf gegen den Rest des Brettes

Im Zentrum greifen starke Hände nach der Macht
Nach Leben, Gold und Prestige
Gesteuert durch angeblichen Willen
Bewegt in vermeintlicher Freiheit

In Hochmut kochen die Gemüter über
Unbesiegbar in ihrer Arroganz
In gottähnlichem Wahn und Eifer
Erhebt sich das geistige Babel

Doch an der Spitze des knöchernen Gerüsts
Wo der oberste Befehlshaber über dem Fleisch residiert
Wird das schallende Gelächter des Dämons
Zum Schachmatt für die eigenen Soldaten

KLINISCH TOT

Der Rücken zerschmettert, die Knochen zertrümmert
So liege ich vor euch, tot doch träumend
Maschinen wachen über mein regloses Fleisch
Und schlagen einen elektronischen Rhythmus an
In dessen Takt mein kaltes Herz tanzen soll
Unfreiwillig, unter Zwang nur folgt es dem Befehl
Wie ein Betrunkener auf dem Opernball
Mühsam, stolpernd und voller Gegenwehr

Der letzte Sprung war lange geplant
Nur die Brücke stand noch zur Wahl
Es war meine Entscheidung, mein Verlangen
Erkrankt an den Massen um mich herum
Infiziert von Versprechen und Lügen
Wurden Hilfe und Rettung zu bloßen Worthülsen
Bar jeden emotionalen Inhalts
Oder berechtigen Erwartungen

Ihr schaut mich an in Verwunderung
Doch bin ich euer eigen schändlich Werk
Was bekommt ihr, wenn ihr mich zurückholt?
Mein Körper wird dann auch nur eine Maschine sein
Denn Seele und Geist sind schon lange fort
Blieben zurück im Dreck der Straßen
Die ihr selbst einst errichtetet
Lange vor meinem finalen Plan

NUR EIN TRAUM

Im Schlafe zog ein Traum mir auf
Erschien mir doch in seinem Lauf
Ein fahler Mann mit Namen Schmerz
Und Trübsal wand sich um mein Herz

Er sprach von dir, Geliebte mein
Von einem Tag, der nicht sollt' sein
Von Abschied, Tod und Seelenweh
Und Schicksal, das ich nicht versteh'

Mit jedem ausgestoß'nen Wort
Begrenzte sich mein Friedenshort
Beklemmend Druck sich um mich zog
Und alle Freude von mir flog

Ich wand mich in Melancholie
In Kummer wie gekannt noch nie
Denn ohne dich kann ich nicht sein
Mein Herz gefror zu kaltem Stein

Und weiter sprach der nächtlich Gast
Von Leere, die mir so verhasst
Von Bürde, Gram und Liebesleid
Und schließlich dir im Leichenkleid

Ruhe war's, die ich in Schmach
Vom Ohrenschließen mir versprach
Sein Wort jedoch kam nicht durch Kehle
Fuhr durch den Äther in die Seele

In Panik schreck' ich auf im Bette
Auf dass ich mich ins Wache rette
Und richt' mein Blick auf deine Seite
Doch niemand dort, der mich geleite

Und unter Trauer wird mir nah
Der Fahle ist noch immer da
Umgibt mich ewig, ohne Frist
Als Schatten, weil du nicht mehr bist

Ein Schatten nur

Anfangs als Furchtgefühl nähert er sich
In bedrohlicher Weise und schauerlich
Baut sich hinter mir auf mit mächt'ger Statur
Ein Schatten nur

Er ist immer da und glotzt mich an
Huckt sich auf wie der Schwarze Mann
Begleitet mich stets auf einsamer Flur
Ein Schatten nur

Er ist mir nah und doch nicht bekannt
Und steh ich selbst mit dem Rücken zur Wand
Unerkennbar seine Natur
Ein Schatten nur

Und sehe ich auch nicht seine Gestalt
So spüre ich dennoch diese Gewalt
Verleitet mein Herz er zu teuflischem Schwur
Ein Schatten nur

Forciert mein Handeln zur Abscheulichkeit
Und färbt meine Aura mit Dunkelheit
Umgibt mein Sein mit Finsternis pur
Ein Schatten nur

Die Existenz, sie schwindet mir durch sein Tun
Er wird niemals müde und lässt mich nicht ruh'n
Markiert meine Seele mit schwarzer Gravur
Ein Schatten nur

Schlussendlich zieht er mich hinab in den Schlund
Ich löse mich auf in seelischem Schwund
Im Abyssos verbleib ich ohne Spur
Als Schatten nur

UND DRAUSSEN KRÄH'N DIE RABEN

Der Morgen zieht sich übers Land
Am Horizont sein heller Rand
Zieht seine Spur aus Silberband
Und draußen kräh'n die Raben

Im Zwielicht werden Schemen wach
Sie tanzen um mein Schlafgemach
Lichter tanzen unterm Dach
Und draußen kräh'n die Raben

Schwer erheb ich mich und schaue
Die Dämmerung, die dunkelblaue
Packt mich wie des Greifes Klaue
Und draußen kräh'n die Raben

Dein Stein ist's, der mein Auge fasst
Und mit nie dagewes'ner Hast
Wend ich ab mich ohne Rast
Und draußen kräh'n die Raben

Mein Herz, so schwer und auch so trist
So einsam, seit du nicht mehr bist
In Liebe, die es nie vergisst
Und draußen kräh'n die Raben

Oftmals noch zu später Stunde
Dreh allein ich meine Runde
Spüre noch die Seelenwunde
Und draußen kräh'n die Raben

Kehr ich zurück in meine Zimmer
Und das Martyrium wird schlimmer
Wird mir bewusst, du gingst für immer
Und draußen kräh'n die Raben

So harr' ich aus vor deinem Bilde
Zieh mich zurück in die Gefilde
Deiner jenseitigen Gilde
Und draußen kräh'n die Raben

Verbleibe trauernd in der Stube
Und schau dich an wie einst als Bube
Doch sehn' mich nach der Leichengrube
Dass nie mehr kräh'n die Raben

Die Frau von Herrn Schmitt

Svea Kerling

DIE FRAU VON HERRN SCHMITT

Die Frau von Herrn Schmitt befestigte den Fahrradkorb am Gepäckträger und schob das Fahrrad mühsam durch das schwere Gartentor. Mühsam aus dem
Grund, da ihre rechte Hand das Tor aufdrücken und
halten musste, während ihre linke Hand, am Fahrradlenker klammernd, drauf bedacht war, das Rad im
Gleichgewicht zu halten. Als Linkshänderin wäre
Letzteres ein Leichtes gewesen, doch hätte die Frage
im Raum gestanden, ob in diesem Fall die rechte Hand
nicht zu schwach gewesen wäre, das Tor zu halten.

Solche Gedankengänge beschäftigten die Frau von
Herrn Schmitt. Dies hatte sie mir damals im Vertrauen
erzählt. Das war umso erstaunlicher, da ich mehr als
ein Jahr der Überzeugung gewesen war, die Frau von
Herrn Schmitt sei zumindest stumm, wenn nicht sogar
taub.

Die Frau von Herrn Schmitt verfügte über kein ge-
winnendes Wesen. Sie war keine besonders reizvolle
Person. Ob sie einst in jungen Jahren als die hübsche
Frau von Herrn Schmitt bekannt war, ja, diese Entscheidung möchte ich mir hier nicht anmaßen. Sie war
eine dieser unscheinbaren Personen, denen man tag-
täglich begegnete, ohne sie im Geringsten wahrzuneh-
men. Die Frau von Herrn Schmitt trug einen un-

scheinbaren Bob als Frisur in einem unscheinbaren braunen Farbton. Einen Pony, der ihr unglücklich im Blickfeld hing. Es war ein unscheinbares Gesicht, nach dem man in keinster Weise in der Menge Ausschau hielt. Ein unsichtbares Gesicht, das niemals in der Menge auffallen würde. Sie war gekleidet in unscheinbare Hosen in unscheinbarem Beige. Nicht zu erwähnen, dass ihr unscheinbarer blauer Sweater ihr unscheinbares Outfit unterstrich.

Nie hörte man Stimmen aus der Wohnung von der Frau von Herrn Schmitt. Nie Lärm, der die durchaus auch als unscheinbar geltenden Nachbarn in ihrer Lethargie störte. Ich darf sie mit Fug und Recht als die beste Nachbarin erwähnen.

Doch genau diese Unscheinbarkeit in ihrer extremen Massenhaftigkeit war es, die mich zu ersticken drohte. Um bei der Wahrheit zu bleiben: Dieses unscheinbare Wesen trieb mich schier in den Wahnsinn. Ich war geneigt, ihr ihre unscheinbaren Augen auszukratzen. Das Lächerliche daran wäre gewesen, dass niemand davon Notiz genommen hätte. Niemand würde sich daran stören, dass die Frau von Herrn Schmitt leere Augenhöhlen gehabt hätte, aus denen im besten Fall unscheinbare Augäpfel starrten.

Ich stellte mir vor, wie sie ihre Augäpfel jeden Abend sorgfältig in eine kleine Schatulle legen würde, während sie ihr Gebiss in einem Glas mit Gebissreiniger platzierte. Wie sie jeden Morgen die Augäpfel in die

Augenhöhlen presste. Ob ihre Nase als klein oder groß zu betiteln war, vermag ich mich leider nicht zu entsinnen.

Doch eine weitere Möglichkeit will ich hier nicht unerwähnt lassen. Die Möglichkeit, dass sie jeden Abend vor dem Zubettgehen ihr gesamtes Gesicht ablegte – fein säuberlich natürlich. Vielleicht quetschte sie es zwischen Buchseiten, so wie wir als Kinder Blätter in Bücher pressten und sie so konservieren wollten. Außer den Augen, die sie fein säuberlich und akkurat in ein dafür extra angefertigtes Kästchen bettete. In ein Kästchen mit edlem rotem Samt umrahmt, bestickt mit ihrem Namen: »Die Frau von Herrn Schmitt«.

Eine weitere Eventualität möchte ich nicht unerwähnt lassen. Und zwar die Alternative, zwischen verschiedensten Augenpaaren wählen zu können. Ich hatte nie in ihre Augen blicken können, da sie ihre Haare immer tief im Gesicht hängend trug. Es spräche nichts dagegen und es wäre doch zumindest eine Möglichkeit gewesen. Augen in den verschiedensten Farben. Augen mit den verschiedensten Blickwinkeln. Es war wahrlich kompliziert. Diese verdammte Unscheinbarkeit. Gerade ihre Unscheinbarkeit war es doch, die mir so ins Auge stach. Ein passendes Wortspiel, wie ich finde. Doch das Stechen war wohl oder übel mit Schmerz verbunden, sodass ich mich nicht mehr als nötig mit dieser Spielerei beschäftigen wollte.

Die Frau von Herrn Schmitt war, unter uns gesagt, eine gute Hausfrau. Etwas langsam vielleicht in

ihrem Tun. Etwas schwerfällig vielleicht in ihrem Handeln, doch keineswegs war ihre Arbeit als geringschätzig einzustufen. Wohl möglich, dass mit der Zeit ein kleiner Schlendrian mit eingezogen war, der hier und dort etwas Unachtsamkeit nach sich zog. Etwas, das nur einem geschulten Beobachter gesondert auffiel und somit ihrer Qualität als Hausfrau keinen Abbruch tat. Stets sonntags bereitete sie feinsten Braten zu. Allein die Sauce – vorzüglichst. Der Duft allein versprach höchsten Genuss. Des Öfteren sprach ich dafür Komplimente aus, doch nie hatte sie mich hineingebeten und mir etwas von der Köstlichkeit angeboten. Bis zu jenem Sonntag, an dem sie entgegen ihrer Gewohnheit mich einlud, doch das Sonntagsessen gemeinsam einzunehmen.

Die Frau von Herrn Schmitt hasste offene Türen. Während es meiner Meinung nach ausreichend gewesen wäre, die Haustür abzuschließen und gegebenenfalls die Tür zum Bad, so lag die Frau von Herrn Schmitt zwanghaft auf der Lauer, ob nicht ja eine Tür aus Versehen offen blieb. Ob dies dazu beitrug, das Bild der Frau von Herrn Schmitt zu vervollständigen, kann ich nicht sagen. Offen gesagt empfand ich es als etwas störend, doch mein Glücksgefühl, endlich mit am Tisch zu sitzen, übertraf jede andere Emotion. Und was soll ich sagen, meine Sinne hatten mich nicht getäuscht. Die Frau von Herrn Schmitt war eine Meisterköchin. Die Auswahl des Weines meisterhaft.

Mit vollem Magen war es an der Zeit, sich zu verabschieden. Sie versprach mir, kommenden Sonntag ein Tässchen Kaffee zu einem guten Stück Obstkuchen zu servieren. Wir scherzten noch eine Weile darüber, wie wichtig doch Vitamine seien und ließen voneinander ab. So nahe wie an jenem Sonntag war ich ihr noch nie gekommen. Ihre Augen waren blau. Zugegeben, unscheinbares Blau, doch passend zur ihrer unscheinbaren blauen Bluse.

Sorgsam schloss sie die Tür hinter mir. Mir entging nicht, dass sie sich noch zweimal versicherte, ob die Tür auch verschlossen war. Ich lächelte. Ich fühlte mich gut. Satt und zufrieden träumte ich bereits von Kaffee und Kuchen.

Am nächsten Tag zur gewohnten Uhrzeit verließ die Frau von Herrn Schmidt ihre Wohnung. Das schwere Tor ächzte. Wohin auch immer sie um diese Zeit ihr Weg führte, er dauerte exakt bis zur nächsten vollen Stunde. Die Batterien meiner Uhr waren zwar leer, aber ich orientierte mich am Uhrenschlag zu jeder vollen Stunden unserer Dorfkirche. Die Kirchenuhr schlug zwölfmal.

Außer sonntags, da blieb die Frau von Herrn Schmitt zu Hause. Am Tag des Herrn, so vertraute sie mir an, sollte man ruhen und gottgefällige Arbeit tun. Ich erinnerte mich nicht auch nur an eine einzige Begebenheit, die jemals als gotteslästernd gegolten hätte.

Umso größer meine Überraschung, als ich am folgenden Sonntag, dem siebenten Tag nach unserem

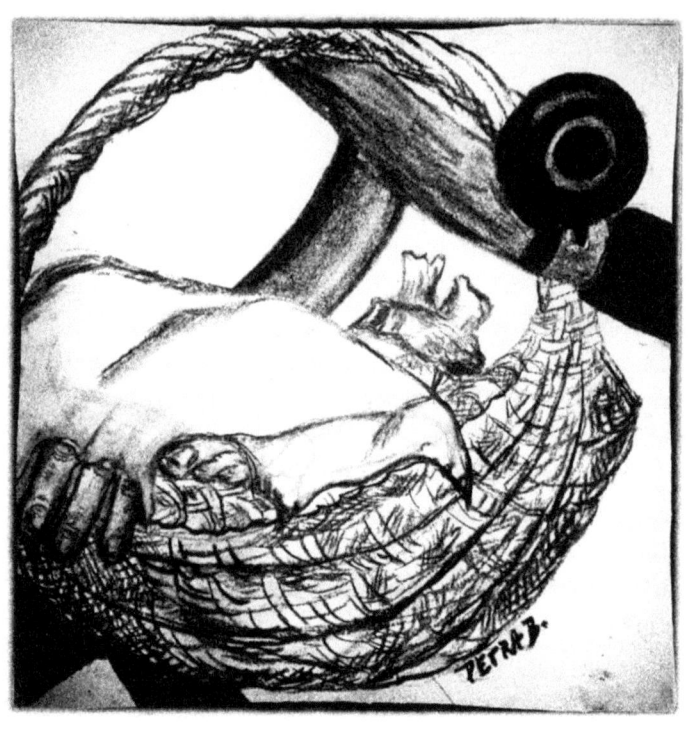

Es musste wohl in etwa dreissig Minuten
nach Punkt gewesen sein als ich das
Öffnen des Gartentors vernahm, doch es
fiel zu zeitnah wieder ins Schloss, als dass
es die Frau von Herrn Schmitt mit
ihrem Fahrrad gewesen sein konnte. Somit
war auszuschliessen, dass wir heute unsere
gemeinsame Kaffeejause geniessen werden.

Sonntagsbraten, die schwere Gartentür ächzen hörte. Ich war entsetzt, weil damit alles, woran ich geglaubt hatte, in seinen Grundfesten erschüttert wurde. Es war meinerseits kein Blick aus dem Fenster nötig, um zu wissen, dass die Frau von Herrn Schmitt Gottes Regel gebrochen hatte. Mehr noch, sie handelte wider ihr eigenes Gesetz. Irgendetwas musste passiert sein. Ich wartete auf die nächste volle Stunde, doch die Frau von Herrn Schmitt war noch immer nicht zurückgekehrt. Auch zur nächsten vollen Stunde blieb es bis auf die Kirchenuhr still. Es musste wohl in etwa dreißig Minuten nach Punkt gewesen sein, als ich das Öffnen des Gartentors vernahm, doch es fiel zu zeitnah wieder ins Schloss, als dass es die Frau von Herrn Schmitt mit ihrem Fahrrad gewesen sein konnte. Somit war auszuschließen, dass wir heute unsere gemeinsame Kaffeejause genießen würden. Es wurde Abend. Es wurde Nacht. Ich bin in Gedanken an die Frau von Herrn Schmitt eingeschlafen.

Lärm vor meiner Tür weckte mich. Ich konnte es nicht glauben, wer hinter meiner Tür stand: Die Frau von Herrn Schmitt lächelte mich an. Es war das unscheinbarste Lächeln, das mir bis zu diesem Zeitpunkt geschenkt worden war.

»Kaffee und Kuchen?«, fragte sie mich.

Ihre unscheinbare Stimme klang wie Musik in meinen Ohren. Sie hatte mich nicht vergessen. Ich war bereit für den nächsten Schritt. Ich fühlte mich dazu

bereit, in die unscheinbare Welt der Frau von Herrn Schmitt einzutreten. Und tief in mir hegte ich die Hoffnung, dass mir diese Tür nun offen stand. Vielleicht nur einen Spaltbreit, doch dieser würde reichen. So saßen wir uns schweigend gegenüber.

»Etwas Milch?«

Ich nickte.

»Ein Stück Zucker?«

Ich nickte und streckte zwei Finger in die Luft.

»Zwei Stück Zucker also?«

Ich nickte dankbar. Sie war so eine aufmerksame Person. Sie nahm den kleinen Löffel rechts von meiner Kaffeetasse und rührte statt meiner den Kaffee um, sodass die Milch der sonst dunklen Flüssigkeit ihren Stempel aufdrückte und die Süße der kleinen unscheinbaren Zuckerwürfel die Bitterkeit des Kaffees zurückdrängte.

Heute trug die Frau von Herrn Schmitt ein rotes Haarband. Sie flirtete mit mir, das war soweit klar.

»Bei drei Stück Zucker hätten wir unsere liebe Not.«

Spielerisch fuhr sie sich durch ihr Haar und schüttelte es leicht.

Ich blickte auf den Verband, Blut tropfte auf den Tisch. Ich wollte es unverzüglich wegwischen, doch die Frau von Herrn Schmitt, in ihrer gütigen Art, erledigte das für mich. Ich wollte ihr nicht noch mehr zur Last fallen. Sie hatte schon genug Arbeit mit mir. Zwei der Fingerstümpfe meiner rechten Hand waren so

weit gut im Heilungsprozess, während sich am Stumpf vom Ringfinger immer mehr Gewebsflüssigkeit anstaute. Der Stumpf meines linken Armes verheilte im Gegenzug komplikationslos.

Die Frau von Herrn Schmitt schnitt einen Spalt in das Klebeband, steckte das obige Ende des Strohhalms hindurch und das untere Ende in die Tasse, sodass ich vom Kaffee schluckweise trinken konnte. Sehnsüchtig blickte ich zu meinem Stück vom Obstkuchen. Die Frau von Herrn Schmitt hielt mir das Kuchenstück vor die Nase, so dass ich daran riechen konnte. Er musste köstlich schmecken. Ich begrub meine Nase darin und versuchte mit der Zungenspitze den Spalt im Klebeband zu dehnen, um etwas vom Geschmack zu ertasten. Die Frau von Herrn Schmitt brach einen kleinen Happen von meinem Kuchenstück ab, spießte es mit der Gabel auf, tunkte es in den Kaffe und führte es zu meinem Mund. Es gelang ihr, das feuchte Stück durch die kleine Öffnung im Klebeband durchzuquetschen. Ich war angenehm überrascht, wie gut es auf diese Art funktionierte. Ich rümpfte die Nase, um auf mein Nasenjucken aufmerksam zu machen. Doch die Frau von Herrn Schmitt interpretierte es wohl auf die falsche Art und schnippte mit dem Finger über meine Augenklappe, die meine leere rechte Augenhöhle verdeckte. Die Frau von Herrn Schmitt hatte sich damals entschieden, meine Bindehaut vom Augapfel zu trennen. Sie hatte die Augenmuskeln und den Sehnerv durch-

geschnitten, sodass sie mein Auge ohne Schwierigkeiten zu fassen bekam. Wenn es das samtene Kästchen mit den gesammelten Augen wirklich gäbe, dann würde es jetzt darin liegen. Ganz eng angeschmiegt an ihre Augenpaare. Gäbe es einen größeren Beweis für unsere aufkommenden Gefühle? Sie schnippte noch ein weiteres Mal, sodass ich mich unrühmlicherweise nach hinten gegen die Lehne stemmte und mitsamt dem Stuhl auf den Boden krachte. Meine Beine kippten in die Höhe und schlugen gegen die Tischkante. Augenblicklich verfärbte sich der Verband um meinen rechten Fußstumpf rot.

Mein erbärmlicher Schmerzensschrei glich dem jämmerlichen Grunzen eines feigen Schweines, das Angst vor seiner bevorstehenden Schlachtung hatte. Die Frau von Herrn Schmitt reagierte ziemlich teilnahmslos.

»Weißt du, welcher Tag heute ist?«

Ich schüttelte den Kopf. Meine Sinne spielten mir einen Streich. Als würde mein linkes Auge, am Muskel baumelnd, jede Ecke dieses Raumes abtasten. Die bunten, mit Blumen besticken Vorhänge standen farblich im Kontrast zum sonst weiß möblierten Raum. Der helle Holztisch und die Stühle, ebenso im skandinavischen Stil mit hellblauen Sitzauflagen, weckten ein maritimes Gefühl. Ich sah meinen Körper auf weißen Fliesen liegen. Die Frau von Herrn Schmitt beugte sich darüber.

»Ist es dir eingefallen, welcher Tag heute ist?«

Mein Körper schüttelte sich. Ich wusste nicht, ob aus Schmerz oder aus purer Verzweiflung, die passende Antwort nicht zu kennen. Ich versuchte, meine Sinne im Zaum zu halten. Immer mehr verschwand der Raum hinter einem roten Vorhang aus Blut. Während ich versuchte, nach meinem Gesicht zu tasten, schlug ich mir den Armstumpf ins Gesicht.

»Gut, dann verrate ich es dir. Es ist der Tag des Herrn Schmitt. Es ist *dein* Tag.«

Mein geschundener Körper verschwand vor meinen Augen.

Am nächsten Tag befestigte die Frau von Herrn Schmitt den Fahrradkorb am Gepäckträger und schob das Fahrrad mühsam durch das schwere Gartentor. Mühsam aus dem Grund, da sie mit der linken Hand das Tor aufdrücken und halten musste, während sie mit ihrer rechten Hand den Fahrradlenker umklammerte und darauf konzentriert war, das Rad im Gleichgewicht zu halten.

Bei schönstem Wetter fuhr sie am Friedhof vorbei, überquerte den Bahnübergang und blieb vor einem kleinen Wäldchen stehen. Sie nahm den Korb, den sie vorsorglich mit einem Tuch bedeckt hielt und ging die restliche Strecke zu Fuß. An der nächsten Gabelung führte sie der Weg nach rechts und bald darauf erreichte sie den alten Weinkeller. Sie hatte gestern den ganzen Tag geschuftet, um das Loch zeitgerecht zu

graben. Sorgfältig stellte sie den Korb mit den zer-
stückelten Gliedmaßen auf die Erde. Ein Stück nach
dem anderen platzierte sie in das dafür vorgesehene
Grab. Nach getaner Arbeit gönnte sie sich eine kurze
Verschnaufpause und überlegte, an welcher Stelle sie
denn das nächste Mal graben solle. Langsam wurde es
eng und immer schwieriger, nicht auf den einen oder
anderen Herrn Schmitt zu stoßen.

Sie musste sich beeilen, denn bald war Mittagszeit
und das Essen musste noch zubereitet werden. Ihr Magen knurrte. Sie öffnete eine kleine blaue Plastikdose.
Darin lag, eingewickelt in eine rote Serviette, ein kleiner Augenschmaus. Die Frau von Herrn Schmitt gönnte sich den kleinen Snack. Sie überlegte kurz. Heute
würde es faschierten Braten geben. Eine Leibspeise.

Das zerrissene Haus

J. Mertens

Das zerrissene Haus

Der Weg durch den Wald während der Abenddämmerung war schon seltsam genug gewesen. Der holprige Pfad hatte so viele Windungen aufgewiesen, dass er den Eindruck gemacht hatte, selbst nicht zu wissen, wohin er führen wollte. Die Bäume und Sträucher, die ihn gesäumt hatten, waren vertrocknet gewesen wie als Folge einer langen Dürreperiode. Es hatte auch keine Fußspuren gegeben oder sonstige Hinweise darauf, dass sich je ein Mensch hier aufgehalten hätte. Kein Müll, kein Hinweisschild, einfach nichts. Doch die merkwürdigste Verwunderung hatte der Staub ausgelöst, der sich überall herabgesenkt hatte. Man erwartete in einem Wald Blätter am Boden, Dreck, Erde, Unkraut und dergleichen. Aber Unmengen von Staub in einem Wald als Zeichen der Verwahrlosung? Das war in der Tat ungewöhnlich gewesen.

Jetzt befanden sich die beiden jedoch in einem Haus, genauer gesagt in einem Keller, dessen Vernachlässigung sich auf eben die gleiche Art und Weise ausdrückte, wie es schon im Wald der Fall gewesen war. Der Staub von Jahren bedeckte einfach alles, was der Raum zu bieten hatte. Zudem waren die zwei nebeneinander mit Handschellen an ein stabiles Rohr gekettet. Es roch nach Schimmel und Brackwasser.

»Was empfindest du gerade?«, fragte Georg seinen Nebenmann.

»Schwer zu sagen«, antwortete Edgar. »Langeweile?«

»Ja, das trifft es auch bei mir ziemlich gut. Ungewöhnlich, nicht?«

»Was meinst du?«

»Nun ja. Wir wissen nicht, wie wir in den Wald gekommen sind, wissen nicht, wie wir aus dem Wald in dieses Haus gekommen sind, hängen jetzt gefesselt in diesem Keller rum und verspüren nichts als Langeweile? Wenn uns jemand Handschellen anlegt und an ein Rohr kettet, führt er bestimmt nichts Gutes im Schilde. Wäre da nicht Angst eine passendere Emotion in unserer Lage?«

»Mag sein«, bestätigte Edgar. »Aber es ist halt nicht so. Kann dir nur sagen, was ich fühle. Vielleicht ist es die Zeit, die Angst allmählich in Langeweile verwandelt, ich weiß es nicht. Scheint mir so, als würden wir schon Jahre hier in diesem Keller schmoren.«

»Ja, kommt mir auch so vor. Aber dann wären wir längst verhungert.«

Die beiden ließen zum gefühlten tausendsten Mal ihre Blicke durch den Raum wandern. Er war spärlich eingerichtet. Wäre nicht alles unter einer dicken Staubschicht begraben gewesen, hätte dieser Keller einen fast schon sterilen Eindruck gemacht. Der Boden bestand aus groben Holzdielen, die Wände waren zum Teil gefliest. Eine notdürftig zusammengezimmerte

Holztür verhieß den derzeit unerreichbaren Weg nach draußen. Zwei klobige Werkbänke standen an der gegenüberliegenden Wand. Einige unter dem Staub nicht klar erkennbare Werkzeuge waren pedantisch in Reih und Glied darauf ausgebreitet. In der Mitte des Raums stand eine Art Operationstisch mit Rollen, einer von der Art, wie man sie aus der Gerichtsmedizin kannte.

»Glaubst du, wir sollen gefoltert werden?«, brachte Georg schließlich hervor.

»Keine Ahnung«, erwiderte Edgar. »Wenn ja, dann scheint unser Gastgeber so etwas jedenfalls nicht oft zu tun. Die Sachen hier sind seit Jahren nicht mehr benutzt worden.«

»Oder sind wir vielleicht entführt worden und jemand wartet auf das Lösegeld?«

»Hast du denn reiche Angehörige?«

»Nun ...«, stutzte Georg, »ich ... weiß es nicht. Und du?«

Edgar sah ihn nur mit großen Augen an und zuckte dann mit den Schultern.

»Wenn nicht«, führte Georg den Gedanken fort, »würde das vielleicht erklären, warum wir offenbar seit Ewigkeiten hier festsitzen.«

»Georg, wir wären verhungert in der Zeit. Das wäre also unlogisch.«

»Ja, so unlogisch wie Massen von Staub in einem Wald. Und so unlogisch wie die Tatsache, dass wir nicht wissen, wie es um unsere Finanzen bestellt ist.

Woher kennen wir uns überhaupt? Kannst du dich erinnern?«

»Nein«, meinte Edgar mit erstauntem Blick, »nicht die Bohne.«

»Und dein Nachname, wie lautet der?«

Edgar schüttelte nur unbeholfen mit dem Kopf.

»Jemand hat unser Gedächtnis gelöscht«, stellte Georg fest. »Gehirnwäsche, völlige Amnesie. Außer unseren Vornamen scheinen wir nichts zu wissen.«

»Mein Gott, was passiert hier bloß?«

»Nichts passiert, genau das ist doch das Problem. Wenn es wenigstens irgendwie weiterginge.«

»Und dann? Es wird definitiv nichts Gutes dabei herauskommen.«

Ein Klickgeräusch an der Tür richtete beider Aufmerksamkeit auf den Ausgang. Jemand hatte einen Schlüssel herumgedreht. Die Tür schwang auf, und ein starker Luftzug wehte durch den Raum, wobei ein Großteil des Staubes im Raum aufgewirbelt wurde. Herein trat ein glatzköpfiger Mann mittleren Alters, der sich langsam und nachdenklich auf die beiden Gefangenen zubewegte. Schweigend blickte er abwechselnd in ihre Gesichter.

»Wer … wer sind Sie?«, fragte Georg.

»Da habe ich ja wieder was Feines angefangen«, murmelte der Kahlköpfige. »Hatte ich schon ganz vergessen.«

»Was haben Sie mit uns vor?«, stammelte Edgar.

»Vielleicht sollte ich den ganzen Quatsch einfach sein lassen. So ein Unsinn. Die Dark Lady wird mir den Kopf abreißen, wenn ich ihr mit so einem Schmarrn komme.«

Mit diesen Worten drehte sich der Unbekannte um und verließ den Raum. Wieder waren die beiden auf sich allein gestellt, nach wie vor an das Rohr gekettet.

»Das war jetzt nicht sehr ergiebig vom Informationsgehalt her, nicht wahr?«, meinte Georg.

»Ja, das ist wohl wahr. Der Kerl hat uns nicht wirklich weitergebracht.«

»Und jetzt?«

»Tja, jetzt ist wohl wieder Warten angesagt. Vielleicht reicht uns der Staub irgendwann bis zu den Knien. Ich weiß auch nicht, was hier läuft.«

»Irgendwas muss doch mit all dem bezweckt werden. Wer sollte denn jemanden irgendwo anketten und dann nichts weiter wollen?«

»Du hast immer noch nicht kapiert, dass wir mit Logik hier nicht weiterkommen. Irgendetwas sehr Merkwürdiges geht hier vor. Dieser Glatzkopf … hast du es nicht auch gespürt? Etwas Eigenartiges ging von ihm aus …«

»Ja, das stimmt allerdings. Kam mir vor wie eine Art … *Vater* oder so was ähnliches.«

»Vielleicht auch wie ein *Schöpfer?* Er hatte etwas sehr Vertrautes an sich. Obwohl er uns hier gefangen hält, wirkte er in keiner Weise bedrohlich auf mich.«

Was hätte mich vorhin so beschäftigt?
Ach ja, die beiden Gefangenen im Keller.
Ich glaube, ich hätte sie mit Handschellen
an ein Rohr gekettet. Vielleicht, das ist
lange her. Habe fast schon ein schlechtes
Gewissen ihnen gegenüber. In meinem
Arbeitszimmer wühle ich in den
Schubladen. Nichts. Vielleicht in einem der
Ordner? Auch nicht.

»Komische Geschichte das alles. Aber es muss doch irgendwas dabei rauskommen.«

»Ich glaube, es wäre müßig, weiter darüber nachzudenken. Wir wissen derzeit ja nicht mal, wer wir sind und wie wir hierhergeraten sind. Wir können nur weiter ausharren, bis etwas passiert.«

Und das sollte schneller geschehen, als sie es ahnten. Denn kaum hatte Edgar dies ausgesprochen, ertönte von draußen ein Donnerhall, der das gesamte Haus zum Wanken brachte. Die Wände des Kellerraums zitterten, Staub rieselte in großen Ballen von den Fliesen zu Boden und einige der Werkzeuge fielen vom Tisch. Das Rohr, an das die beiden gefesselt waren, bebte und zitterte, hielt aber der gewaltigen Erschütterung stand. Für einen kurzen Moment beruhigte sich die Lage. Georg und Edgar sahen sich verwundert an, und jetzt erkannten sie beide doch eine Spur von Angst im Gesicht des jeweils anderen. Doch sie kamen nicht mehr dazu, die Situation weiter zu analysieren, denn im gleichen Moment wurde die Wand gegenüber mit einem lauten Ratschen wie Papier ausei-nandergerissen. In dem dadurch entstandenen Spalt war der Wald zu erkennen, durch den sie offenbar hierhergekommen waren. Und diesem Wald widerfuhr augenscheinlich das gleiche Schicksal; die Bäume, der Weg – alles wurde wie von Geisterhand zerrissen, zerknüllt und in Sekundenbruchteilen vernichtet, und in den dort entstehenden Zwischenräumen war nichts mehr zu erkennen außer totaler Finsternis.

Die Zerstörungswut unbekannten Ursprungs bewegte sich zusehends auf die beiden zu. Die Fliesen, die Holzdielen, die Werkbänke; alles hatte unter der unsichtbaren Hand keine stabilere Konsistenz mehr als billigstes Zeitungspapier. Ratschend und knisternd wurde feste Materie zu Fetzen verarbeitet, bis Georg schließlich hilflos mit ansehen musste, wie sein Begleiter ebenfalls dem grausamen Aufriss zum Opfer fiel. Es traten dabei keine Innereien zum Vorschein, und es spritzte auch kein Blut. Es war, als würde ein ausgeschnittenes Männchen aus einem Malbuch in kleinste Schnipsel zerlegt. Und als er schließlich selbst an die Reihe kam, verspürte er keine Angst. Sein Kopf, seine Gliedmaßen und die Teile seines Rumpfes vermischten sich mit den Fetzen des Hauses und des Waldes, und er nahm noch wahr, wie er mit ihnen zusammen auf eine Straße hinunterrieselte. Doch das alles war jetzt nicht mehr so unerklärlich. Im Gegenteil erschien es ihm mittlerweile irgendwie … *logisch.*

Ich weiß manchmal nicht, was mit mir los ist. Fange Sachen an, die ich nie zu Ende führe. Da gibt es einen billigen Comic, bei dem seit über dreißig Jahren nur noch das letzte Bild fehlt. Dann ist da ein angefangenes selbstkreiertes Minicomputerspiel, das ich nie fertiggestellt habe. Und dann die Fetzen von einem Kurzfilm, den ich vor Urzeiten »bis auf Weiteres« auf Eis gelegt habe. Dann findet man all diesen Scheiß irgend-

wann wieder und fragt sich, warum man nicht einfach mal der Reihe nach vorgeht. Solche Gedanken sind es wohl, die mich jetzt plötzlich brandheiß an die beiden Typen erinnern, die ich vor Jahren mal in einen Keller einsperrte ohne eine genaue Vorstellung davon zu haben, was mit ihnen geschehen sollte. Ich weiß noch nicht einmal mehr, wie sie hießen. Ich habe in der Zwischenzeit viele andere kranke Sachen angefangen und die beiden einfach ihrem Schicksal überlassen. Vielleicht sollte ich mal … nach ihnen sehen.

Ein elektronisches Klingeln reißt mich aus den Überlegungen. Svea, die Dark Lady, meldet sich über den Chat.

»Schreib grad an der Gartengeschichte.«

»Gartengeschichte?«, wiederhole ich. »Das klingt irgendwie in meiner Vorstellung positiv übel. Glaube jedenfalls nicht, dass da ausschließlich botanisches Verständnis mit gemeint ist.«

»Gelle?«

»Ich kenn dich doch.«

»Schaut so aus. Und da gibt es ein Herz. Werde es sanft berühren.«

»Eine Story mit Herz? Klingt ungewöhnlich, da lass ich mich mal überraschen.«

Ja, unser Projekt. Wird Zeit, dass ich da vorwärts komme. Sechzig Seiten sind eine bisher magere Ausbeute. Und ob das alles überhaupt taugt für unser literarisches Duett? Zum Glück treibt uns keiner. Wir haben alle Zeit der Welt.

Was hatte mich vorhin so beschäftigt? Ach ja, die beiden Gefangenen im Keller. Ich glaube, ich hatte sie mit Handschellen an ein Rohr gekettet. Verflucht, das ist lange her. Habe fast schon ein schlechtes Gewissen ihnen gegenüber.

In meinem Arbeitszimmer wühle ich in den Schubladen. Nichts. Vielleicht in einem der Ordner? Auch nicht. Es war in einem speziellen Ordner mit unerledigten Sachen, wenn ich mich jetzt recht erinnere. Aber wo habe ich den, verdammt noch mal? Zwischen den Ordnern klafft eine verdächtige Lücke, und das Regal ist nach hinten offen. Ich räume die Ordner aus dem Fach und greife in den Zwischenraum. Meine Finger ertasten ein klebrig-verstaubtes Objekt. Seit Jahren liegt das Ding wahrscheinlich hinter dem Regal und dementsprechend sieht es auch aus: der Ordner staubig, das Papier vergilbt; ein Haufen völlig verwahrloster, unfertiger Manuskripte.

Ich nehme das traurige Bündel mit in die Küche, zünde mir am offenen Fenster eine Zigarette an, ärgere mich einmal mehr über meine Nachlässigkeiten. Dabei kommt mir der Gedanke, ob das mit den beiden angeketteten Idioten nichts für unser gemeinsames Werk wäre. Ich öffne den Ordner und blase dabei vorsichtig den Staub fort. Sofort umgibt mich eine graue Wolke, und ich muss niesen. Die gesuchte Story liegt gleich obenauf, und während ich die ersten Zeilen lese, kommt auch die Erinnerung zurück. Georg und Edgar hatte ich die

beiden genannt. Nachdem sie in der Dämmerung durch einen Wald gehen, finden sie sich plötzlich in einem Haus wieder, wo sie im Keller mit Handschellen an ein Wasserrohr gekettet sind. Dann bricht die Geschichte ab.

Da habe ich ja wieder was Feines angefangen. Hatte ich schon ganz vergessen. Was sollte denn daraus werden? Folterspielchen? Eine Entführung? Oder was? Mumpitz, einfach nur Blödsinn. Daraus kann nichts werden, was es nicht schon längst gibt. Vielleicht sollte ich den ganzen Quatsch einfach sein lassen. So ein Unsinn. Die Dark Lady wird mir den Kopf abreißen, wenn ich ihr mit so einem Schmarrn komme.

Wieder kommt ein lautes Niesen über meine Lippen. Wenn ich damit einmal anfange, kann so ein Anfall bis zu zwanzig Minuten andauern; ein Phänomen, das ich von meinem Vater geerbt habe. Vor Wut knalle ich den Ordner auf die Fensterbank, wobei noch mehr Staub aufgewirbelt wird.

Die Story ist einfach nur Scheiße. Ich rupfe die Seiten aus dem Ordner und reiße sie unter ständigem Niesen in kleine Fetzen, die ich mit hochrotem Kopf aus dem Fenster werfe, wo sie langsam zur Straße niedersinken. Der Wald, das Haus, Georg und Edgar segeln in kleinen Schnipseln vom Wind getragen in die Welt hinaus; das logische Ende einer bescheuerten Geschichte. Köpfe von Passanten recken sich in meine Richtung, vom Fenster unter mir schimpft jemand. Von irgendwoher vernehme ich eine genervte Stimme: »Der Bekloppte da oben wieder.«

Eine Ewigkeit

Svea Kerling

Eine Ewigkeit

Ich hatte es mir auf dem Sofa bequem gemacht. Endlich war Ruhe eingekehrt. Ich genoss die Stille. Schneeflocken tanzten vor dem Fenster, während der Wind sich gegen die Haustür lehnte. Er rüttelte ein wenig am Türknauf, doch gewährte ich ihm keinen Einlass in meine warme Stube. Sanftes Kerzenlicht malte diffuse Gebilde an die Wand. Noch lag genug Feuer im Kamin, um dem Raum Geborgenheit zu schenken. Der Tag heute hatte mich sehr müde gemacht.

Ich blinzelte zu den Schneeflocken. Kaum zu glauben, welch immense Kraft von ihnen auszugehen vermochte, sobald sie sich dazu entschlossen, sich zusammenzurotten und anzugreifen. Welche Massen sie bewegen konnten, welche Menschen sie unter sich begraben konnten. Doch so – jede einzelne Flocke für sich war allerliebst in ihrer Perfektion. Nicht kalt, im Gegenteil. Sie strahlten eine eigene Art von Wärme und Geborgenheit aus, hilflos dem Willen des Windes ausgeliefert, ehe sie sich von ihm dazu überreden ließen, einen unheilvollen Pakt einzugehen. Doch diese Flocken vor dem Fenster waren harmlos, hatten nichts Böses im Sinn.

Die Tage wurden zusehends kürzer. Fast schien es so, als ob sie zu kurz dafür wären, meine Aufmerk-

samkeit zu erregen. Ich tat mich zusehends schwer, meinen Sinnen zu trauen. Das Kaminfeuer, noch leuchtend und warm, im nächsten Moment schwächelnd, loderte nicht mehr. Die Glut reichte längst nicht mehr, um meinen Körper behaglich warm zu halten.

Wieder war es Nacht. Der Durst erschien mir unerträglich. Zu meinem Leidwesen hatte das Wasser schon einen ziemlich schalen Beigeschmack. Allmählich wurde es Zeit für eine Veränderung – und ich meine nicht meinen Positionswechsel. Ich streckte mich und wollte die Welt an meiner aufkommenden Unzufriedenheit teilhaben lassen.

»Mr. Johnstone?«

Ich lauschte.

»Mr. Johnstone? Ich komme mit frischer Hühnersuppe. Mr. Johnstone?«

Eines musste man der alten Betsy lassen. Sie hatte ein lautes Organ. Ihr Klopfen gegen die Tür ging in ihrer Stimme unter.

»Mr. Johnstone?«

Ja, hier wohnte Mr. Johnstone. Verdammt noch eins. Sie war eine lästige Person, diese Betsy.

»Mr. Johnstone? Ich stelle Ihnen den Topf mit der Suppe an die Tür. Vielleicht kommt der Appetit etwas später.«

Ja, Miss Betsy war eine zuvorkommende Person. Richtig nett. Ich streckte meine Nase in die Luft. Die Suppe würde bestimmt das halten, was ihr Duft ver-

sprach. Feinste Aromen zogen in meine Nase. Ja, sie war wohl eine gute Köchin. Sie hätte eine Antwort verdient gehabt. Ein Kompliment für ihre Kochkünste. Ich aber rümpfte jedes Mal, wenn sie mir einen vollen Teller vorsetzte, meine Nase, anstatt freundlich zu ihr zu sein. Nein, nie würde ich es zugeben, nie soweit sinken, ihr gegenüber meine Gefühle zu offenbaren. Auch mir selbst würde ich es nie eingestehen.

Mit der Zeit wurde es ungemütlich auf dem Sofa. Betsy war unverrichteter Dinge wieder von dannen gezogen. Es kümmerte mich nicht im Besonderen, sie würde wiederkommen. Schon morgen. Sie war für ihre Zuverlässigkeit bekannt. Diese Eigenschaft gefiel mir sehr an ihr und ließ mich zufrieden meiner Müdigkeit nachgeben. So kuschelte ich mich unter die dicke Daunendecke. Im Grunde war ich ja relativ leicht zufriedenzustellen, etwas stur – vielleicht. Zweifelsfrei sogar, doch wusste man mit mir richtig umzugehen, so war ich das friedvollste Wesen unter Gottes Himmel. Anständig und pflegeleicht. Ich würde darauf schwören, wenn mir an Schwüren etwas läge. Doch ein Schwur glich verwässerter Milch: bekömmlicher, aber geschmacklos. Geschmacklos war keines meiner Adjektiva.

Ich streckte meinen Kopf vorsichtig aus der Decke. Der Mond spendete mehr als genügend Licht. Wozu also Gedanken an einen geschrumpften Kerzenstumpf verschwenden? Nur die Kälte machte es mir

zuweilen ungemütlich. Unter der Decke war es mir zwar möglich, das Frieren wegzuträumen, doch dies gelang mir nicht bei Hunger und Durst. Auch der Toilettenbesuch wuchs zu einer Unerlässlichkeit. Ich versuchte noch etwas Zeit zu gewinnen und begrub meinen Körper tief unter der Daunendecke. Eine kleine Luftbrücke erleichterte mir das Atmen.

Ich musste schnell eingeschlafen sein, denn die Morgendämmerung drang durch meine so kunstvoll errichtete Luftbrücke. Ich streckte ein Bein unter der Decke hervor, nur um es reflexartig wieder zurückzuziehen. Doch unsäglicher Durst quälte mich und der Drang, auf die Toilette zu gehen, war zu stark, um als vernachlässigbar zu gelten.

Appetit auf Fleisch packte mich. Meine Lust auf Betsys Hühnersuppe wuchs. Ich schleppte mich aus dem Bett und das, was ich vorfand, war weiterhin nur das mittlerweile stinkende Wasser. Doch es würde mich schon nicht umbringen.

Der Schaukelstuhl erregte meine Aufmerksamkeit. Ich überlegte, warum dieser am Fenster stand und nicht, wie die Jahre zuvor, am Kamin. Ach, was kümmerten mich die Jahre. Die Sache mit der Zeit wurde ohnehin von allen hier überbewertet. Auch ein Tag konnte sich lang anfühlen. Wie ein Jahr. Was in einem Moment als Sonne des Lebens gepachtet schien, entpuppte sich am Nachmittag oft schon als immerwährende Dürre, der den sonst so geächteten Regen in-

nigst herbeisehnte. Ja, ein Tag kann zuweilen sehr lange dauern. Bisweilen sich als Ewigkeit entpuppen und bis ans Ende aller Tage dauern.

Wo blieb bloß Betsy? Und schon hörte ich das gewohnte Klopfen an der Tür.

»Mr. Johnstone, ich musste mir den Weg zu Ihnen freischaufeln.« Nach einer kurzen Pause fuhr sie fort: »Mr. Johnstone, habe ich Sie verärgert? So geben Sie bitte ein Lebenszeichen von sich.«

Sie rüttelte am Türknauf. Vor Schreck wirbelte ich herum und stieß dabei eine Vase um. »Ich kann Sie doch hören, haben Sie sich verletzt?«

Ich schlich langsam zur Tür und kratzte daran.

»Mr. Johnstone, sind Sie vom Bett gefallen? Haben Sie sich was getan? Ich lasse Anton nach dem Arzt rufen.«

Mich schauderte es. Anton, ausgerechnet Anton sollte zur Hilfe eilen?

Streng genommen benötigte ich keine Hilfe. Und wenn doch, dann nicht Antons, dem Jäger vom Ende der Straße.

Ich fröstelte. Ob vor Kälte oder blankem Entsetzen, war einerlei. Beide Befindlichkeiten ließen mein Blut erstarren. Angst hatte ich zwar keine, ich war kein Feigling, doch mochte ich nun mal keine Hunde, und Anton hatte einen Hund. Einen *großen* Hund. Einen Jagdhund. Dumm, wie die Nacht finster, seinem Herrchen hörig bis aufs Blut. Stets winselnd, sabbernd und bereit, alles zu tun, um Anton zu gefallen.

Der Schaukelstuhl erregte meine
Aufmerksamkeit. Ich überlegte warum
dieser am Fenster stand und nicht, wie
die Jahre zuvor, am Kamin. Ach was
kümmert es mich die Jahre. Die Sache mit
der Zeit wurde ohnehin von allen hier
überbewertet. Auch ein Tag konnte sich
lang anfühlen.

Das war nicht meine Welt. Ich verkroch mich zurück ins Bett. Auf dem Weg dorthin musste es passiert sein. Die Sache mit der Toilette hatte sich erledigt.

»Hören Sie, Mr. Johnstone. Hilfe naht.«

Ich musste erneut eingeschlafen sein. Gott hatte mich mit einem gesegneten Schlaf ausgestattet, doch auch mit einem beinah absoluten Gehör. Ich hörte schwere Schritte, noch bevor mich unsäglicher Lärm vor der Tür vor Schreck erstarren ließ. Ich war zu erschöpft, um auch nur an Flucht zu denken. Wohin hätte ich auch flüchten sollen? Durch den Kamin? Absurd, ich machte mich nur ungern schmutzig. Den Spalt ausnutzen, sobald sich die Tür öffnete? Und somit Antons Hund direkt zwischen die Zähne zu laufen? Widersinnig. Keine gute Idee.

Schließlich gab das Schloss nach und drei Gestalten stürmten in die Stube. Betsy, Anton und der Herr Doktor. Betsy schlug die Hände vor dem Gesicht zusammen.

»Oh heilige Jungfrau Maria, Mutter Gottes.«

Anton hielt sich eine Hand vor den Mund. Der Doktor nahm seine Brille ab und begann, sie zu putzen.

»Mr. Johnstone?«

Ich gluckste. Betsy eilte zu mir und breitete schützend ihre Arme um mich.

»Fast erfroren und verdurstet.«

Und verhungert, vervollständigte ich in Gedanken die Aussage. Nichtsdestotrotz war ich etwas ent-

täuscht von Betsy. Sie hatte sich Zeit gelassen. Verdammt viel Zeit. Eine halbe Ewigkeit ließ sie mich hier schmoren. Beinah eine ganze.

»Mr. Johnstone … was ist ihm bloß wiederfahren?«, jammerte Betsy.

»Sein Herz, Miss Betsy, sein Herz«, antwortete der Arzt und setzte dabei seine Brille auf.

»Warum habe ich denn nicht früher nach Ihnen geschickt? Ich mache mir so große Vorwürfe, Herr Doktor.«

»Aber nicht doch, Miss Betsy, Sie tragen keine Schuld an diesem zeitlichem Dilemma. Er war alt und gebrechlich. Ein Unglück. Tragisch, aber es lag nicht in unserer Hand.«

Alt und gebrechlich? Ich hatte mich wohl verhört. War Ihnen entgangen, dass ich sie hören konnte, trotz der Behaglichkeit, der ich genussvoll frönte?

Vor dem Haus bellte Antons Köter Aaron, diese Bestie. Wie von der Tarantel gestochen sprang ich hoch und war dabei, durch die Tür zu sausen, als mich Anton beim Schopfe packte. Ihm das Gesicht zerkratzen wollte ich. Ihn schlagen und beißen.

»Nein!«, schrie Betsy auf. »Mr. Johnstone, er hätte das nicht gewollt. Lassen Sie ihn los!« Der Jäger ließ von mir ab und ich lief schnurstracks wieder in Betsys Arme.

»Wie siehst du nur aus«, tadelte sie mich – bestimmt, aber freundlich.

Mitgenommen, wäre meine Antwort gewesen.

Aus ihrer Schürze nahm sie eine Stoffserviette und wischte damit über mein Gesicht. *Hey, ganz schön grob*, bemängelte ich die Sanftheit in ihrem Verhalten. Ihr Tun schmeckte mir gar nicht, aber ich musste an meine Zukunft denken und Kompromisse eingehen.

»Ist das Blut?«

Und schon spuckte sie auf das Tuch, um damit mein Gesicht zu drangsalieren. Ich leckte mir die Zähne. Es war kalt, ich hatte Hunger. Durst. Ich drückte mich an ihren Busen und schnurrte. Sie lächelte mich an.

»So süß bist du, arme kleine Miezekatze. Lust auf Hühnersuppe?«

Auf ein ganzes Huhn. Ich konnte es schon riechen.

Mit mir im Arm verließ sie das Haus. Drei Männer blieben im Haus zurück.

Wann würde dieser verdammte Winter endlich ein Ende nehmen? Niemand da, um Holz nachzulegen. Langsam wurde es ungemütlich.

Miss Betsy sah so friedlich aus, wenn sie schlief. Tief und fest. Eine Ewigkeit lang. Ja, ein Schlaf kann zuweilen sehr lange dauern. Bisweilen sich als Ewigkeit entpuppen und bis ans Ende aller Tage dauern.

Die große Wäsche

J. Mertens

DIE GROSSE WÄSCHE

»Einen schönen Pool haben Sie da draußen, das muss ich schon sagen. Und so sauberes Wasser darin.«

»Ja, da lege ich auch Wert drauf. Aber das soll hier nicht unser Thema sein, Herr Hauptstein.«

»Wie? Oh, nein, natürlich nicht. Sie kennen ja mein Problem.«

»Ja, sie klärten mich am Telefon schon ausführlich auf. Wir können also eigentlich direkt anfangen.«

»Natürlich, gern. Wissen Sie, es ist sehr vertrackt. Aber Sie gaben ja an, eine sehr hohe Erfolgsquote zu haben.«

»Das stimmt. Ich kann es ruhigen Gewissens behaupten.«

»Dann sind Sie gewissermaßen mein letzter Strohhalm, Herr Korte.«

»Ja, ich verstehe.«

»Gut. Das ist sehr gut, dass *Sie* mich verstehen.«

Er wurde wach, weil sein Hintern schmerzte. Doch er war noch nicht bereit, seine Augen zu öffnen. Stattdessen versuchte er aus der Erinnerung heraus zu ermitteln, wo er sich befand. Doch so sehr seine Gedanken auch rotierten, da war nichts. Nur der Schmerz in seinem Steißbein und seiner Gesäßmuskulatur, als hätte

er stundenlang unbeweglich hier, wo auch immer das war, gesessen. Ohne eine Vorstellung von dem heutigen Datum zu haben, geschweige denn der Uhrzeit, versuchte er verzweifelt, die Vergangenheit zu rekonstruieren. Vergeblich. Es war, als sei er gerade hier frisch geboren worden. Nur eine seltsam vertraute Stimme sprach von irgendwoher dumpf und erstickt zu ihm. Sie wiederholte immer die gleiche Phrase, einen dieser dämlichen Kinderreime.

> *Alle finden den Weg aus der Falle*
> *Nur nicht Kalle, der hat sie nicht alle*

Kalle. Ja, das war sein Name. Eigentlich Karl, aber er wurde Kalle genannt, warum auch immer. Eigentlich verpasste man Leuten Spitznamen, um entweder eine besondere Eigenschaft des Betreffenden hervorzuheben oder um seinen richtigen Namen abzukürzen. Nichts von beiden traf bei ihm zu. Warum nannten sie ihn also so?

Er warf den Gedanken und die momentan unsinnigen Überlegungen beiseite und öffnete endlich seine Augen. Nichts. Dunkelheit. Er war so schlau wie zuvor.

Neugierig streckte er eine Hand aus, konnte jedoch zunächst nichts ertasten. Erst als er sie nach rechts wandte, stieß er an die Kante eines kalten, glatten Gegenstandes. Es handelte sich offenbar um ein Waschbecken. Und die daraus folgenden Assoziatio-

nen führten ihn zu der Überzeugung, dass das Objekt, auf dem er saß, eine Toilette war. Das Ertasten desselben bestätigte seine Annahme.

In dunklen Räumen und bei Nacht
Wird gern ein Lichtlein angemacht

Da war sie wieder, diese Stimme. Wo hatte er sie schon mal gehört? Seltsamerweise fürchtete er sich noch nicht einmal angesichts des Umstandes, nicht allein hier zu sein. Und die Stimme hatte recht: Wenn er sich in einem Raum befand, sollte irgendwo ein Lichtschalter sein.

Kalle erhob sich von der Toilettenschüssel. Unter fast schon rheumatischen Schmerzen drückte er sein Kreuz gerade. Wie lange hatte er da gesessen? Ein paar Stunden? Die Frage nach dem Warum wurde noch verkompliziert durch den augenscheinlichen Umstand, dass er nicht dort verweilt hatte, um seine Notdurft zu verrichten, denn er hatte seine Hose noch an und auf dem Deckel gesessen.

Langsam schlich er mit ausgestreckten Händen durch den unbekannten Raum und berührte schon nach zwei Sekunden eine hölzerne Fläche, bei der es sich zweifellos um eine Tür handelte. Er führte seine rechte Hand erst links an ihr entlang, dann rechts und ertastete kurz darauf neben dem Türrahmen einen Gegenstand aus Plastik, der an der Wand befestigt war.

Er drückte darauf und sofort wurde der Raum erleuchtet. Es war fahles, künstliches Licht, das aber zur Orientierung reichte.

Nein, dieses Badezimmer kannte er nicht. Es war weder sein eigenes noch das eines Freundes. Ein öffentliches Klo war es ebenfalls nicht, was durch viele private Dinge verraten wurde wie Haarshampoo und dergleichen. Ein Fenster gab es nicht, lediglich eine elektrische Lüftung an der Zimmerdecke. Außer der Toilette und dem Waschbecken befanden sich noch eine Badewanne mit Duschvorrichtung und ein Handtuchhalter im Raum sowie ein Spiegelschrank, der über dem Waschbecken an der Wand befestigt war. Der Raum selbst war mit geschätzten zweieinhalb Quadratmetern alles andere als geräumig. Von dem Urheber der Stimme fehlte jede Spur und Kalle nahm an, dass die Person von jenseits der Tür zu ihm gesprochen hatte. Und dort würde er wohl auch die Antwort auf alles bekommen.

Er legte also die Hand auf die Türklinke, drückte sie nach unten – und zog vergeblich daran. Abgeschlossen. Und kein Schlüssel im Schloss. Jemand hatte ihn also von außen hier eingeschlossen. Wer und wieso?

»Hallo?«, rief er voller Hoffnung. »Hört mich jemand?«

Keine Antwort. Aber irgendwer musste doch da draußen sein. Schließlich hatte er doch zu ihm gesprochen.

»Mach bitte die Tür auf, ich bin hier eingeschlossen!«

Doch es regte sich nichts. Leblos und schweigend schien die versperrte Tür ihm seine Grenzen aufzeigen zu wollen. Das enge Badezimmer war für den Moment seine gesamte Welt.

Willst du die Zeit nicht überdauern
Such dir Wege aus den Mauern

Kalle fuhr herum. Die Stimme – sie kam nicht von draußen. Sie hatte ihren Ursprung irgendwo hier drin, schien förmlich aus der Luft, aus dem Äther zu ihm durchzudringen. Waren hier irgendwo versteckte Lautsprecher angebracht? Wollte ihn jemand zum Besten halten? Irgendein *Jemand,* dessen Stimme ihm so verdammt bekannt vorkam?

Doch die Aufforderung war nicht ungerechtfertigt. Wenn er dieses Zimmer verlassen wollte, musste er irgendeinen Weg finden. Tür abgeschlossen, Fenster nicht vorhanden, Lüftung zu eng und auf sein Rufen reagierte niemand. Was gab es denn für Möglichkeiten?

Er begab sich zum Spiegelschrank und öffnete alle Türen und Schubladen. Zum Vorschein kamen eine Auswahl an Cremes und Deos sowie Utensilien zur Zahnpflege, ein paar Waschlappen und – ein Maniküretui. Er zog es heraus und öffnete es. Sein Blick fiel auf eine Nagelschere, eine Feile, eine Pinzette und eine Knipszange. Möglicherweise konnte er etwas davon

benutzen, um das Türschloss zu knacken. Erfahrung hatte er nicht in dieser Hinsicht, aber ein Versuch konnte ja nicht schaden.

Zunächst bog er die Pinzette zu einem Gegenstand zurecht, der einem herkömmlichen Dietrich ähnlich war. Er führte das Utensil in das Schlüsselloch ein. Im ersten Moment schien es zu funktionieren, doch immer dann, wenn der Haken gerade zu packen schien, erwies sich die Pinzette als zu instabil und verbog sich. Weitere Versuche, die darin bestanden, die Nagelschere und die Feile zu geeigneten Werkzeugen umzubauen, scheiterten ebenfalls, und innerhalb von wenigen Minuten waren alle drei Gerätschaften kaputt.

Lediglich die Knipszange machte einen sehr stabilen Eindruck. Doch sie war zu klobig, um sie in das Schloss einführen zu können. Möglicherweise war sie aber geeignet, den gesamten Schließmechanismus aus der Holztür herauszuhacken.

Kalle nahm sie, die Spitze voran, in die Faust und schlug mit aller Kraft auf die Tür ein. Der erwartete und erhoffte Erfolg blieb aus. Nach nur fünf Schlägen war die Spitze bereits stumpf und verbogen, während das Holz um das Schloss herum nicht einen einzigen Kratzer aufwies. Fast bekam er den Eindruck, die Tür sei gar nicht aus Holz, sondern aus Stahl mit einer aufgeklebten Maserung.

Wütend warf er alle Werkzeuge und das Etui in die Ecke. Alles, was ihm seine Bemühungen gebracht

hatten, war ein heftiger Schweißausbruch. Er nahm einen widerlichen Gestank war, den er ganz offensichtlich selbst ausströmte. Das mochte er überhaupt nicht, und dieser Umstand schien sein eigentliches Problem fast zu überlagern.

Riechst du übel und nach Dung
Verschaff dir eine Reinigung

Stimmt, die Möglichkeit hatte er. Schließlich befand er sich in einem Badezimmer. Der Schmerz in seinem Hintern ließ darauf schließen, dass er einige einsame Stunden sitzend auf der Toilette zugebracht hatte, warum auch immer. Es war nicht davon auszugehen, dass ausgerechnet in den nächsten zehn Minuten jemand hier auftauchen und ihn befreien würde. Also entschied er sich, ein Bad zu nehmen und dabei in aller Ruhe sein weiteres Vorgehen zu überlegen.

Nachdem Kalle den Abfluss der Wanne verstöpselt hatte, ließ er Badewasser ein. Auch ein paar Zusätze durften nicht fehlen. Wenigstens so etwas gab der Raum her. Er legte sich einen Waschlappen sowie ein Handtuch bereit und entledigte sich seiner Kleidung, die er fein säuberlich gefaltet auf dem Toilettendeckel ablegte. Shampoo und eine weiche Badebürste befanden sich bereits auf dem Rand der Wanne.

Licht und Schatten – beides hier
Nur die Entscheidung liegt bei dir

Ein paar Minuten später entstieg er der
Wanne, zog den Stöpsel und trocknete sich
ab. Während er sich wieder anzog vernahm
er hinter sich ein verräterisches
Klickgeräusch. Erschreckt fuhr er herum.
Die Tür – sie stand einen Spaltbreit
offen. Panisch knöpfte er sich sein Hemd
zu und zog sich seine Schuhe an.

Was zum ...? Diese Stimme fiel ihm langsam auf die Nerven. Nicht nur, dass er immer noch nicht darauf gekommen war, zu wem sie gehörte oder von wo sie genau zu ihm sprach. Nein, jetzt wurden die Inhalte des Gesagten auch noch kryptisch. Was wurde denn hier gespielt?

Während er sich in das angenehm warme Schaumwasser begab, blickte er sich misstrauisch im Raum um, fand aber immer noch keine Lautsprecher. Er hoffte, dass nicht auch noch versteckte Kameras installiert waren, die es dem Sprecher ermöglichten, ihn hier splitterfasernackt zu beobachten.

Trotz seiner misslichen Lage erwies sich das Bad als eine wahre Wohltat. Allein der Duft der Badezusätze aktivierte seinen Optimismus und er glaubte zu spüren, wie die angenehmen kosmetischen Elixiere den Schweiß von vielen Stunden fortspülten.

Ein paar Minuten später entstieg er der Wanne, zog den Stöpsel und trocknete sich ab. Während er sich wieder anzog, vernahm er hinter sich ein verräterisches Klickgeräusch.

Erschreckt fuhr er herum. Die Tür – sie stand einen Spaltbreit offen. Panisch knöpfte er sich sein Hemd zu und zog sich seine Schuhe an. Dann stürmte er auf den nun offenen Ausgang zu in der freudigen Erwartung, aus dem künstlichen, fahlen Licht nun endlich wieder die Sonne des Tages genießen zu können. Er stieß die Tür auf ohne etwas Wesentliches da-

bei zu bemerken und – rannte geradewegs in eine gefräßige Finsternis hinein, eine Dunkelheit, die beispiellos war und ihn aufzusaugen schien.

Verflucht seist du, der dir befiehlt
Und dir damit Erfolge stiehlt

Und diese letzte Information verschaffte ihm die Erkenntnis um die Wahrheit, die er die ganze Zeit über tief in sich schon geahnt hatte: Diese ach so vertraute Stimme war *seine eigene* gewesen.

Unter seinen Füßen verlor sich der Boden. Er stürzte in ein schwarzes, endloses Loch. Dann war stiller Frieden um ihn herum.

»Ich habe ja schon viel erlebt, aber so was noch nicht.« Kopfschüttelnd begutachtete Inspektor Wulff die Leiche im Swimmingpool, während seine Kollegen damit beschäftigt waren, das Szenario zu fotografieren. Ein Nachbar hatte sie alarmiert, kurz nachdem es passiert war. Das war vor zwanzig Minuten gewesen.

»Aber der Reihe nach«, unterbrach er sich selbst. »Ihr Name ist Wilhelm Korte und Sie sind freier Psychologe. Soweit richtig?«

»Korrekt. Seit vielen Jahren arbeite ich erfolgreich mit Hypnotherapie.«

»Und der Mann im Pool? Ein Klient von Ihnen, nehme ich an.«

»Ja. Sein Name ist Karl Hauptstein.«

»Weswegen war er hier?«

»Neurotischer Waschzwang. Ein offenbar sehr tiefsitzendes Problem bei ihm.«

»Und Sie haben ihn hypnotisiert?«

»Ja, das habe ich.«

»Und wie, um alles in der Welt, ist er dann in Ihrem Pool gelandet?«

»Was exakt passiert ist, kann ich nur vermuten. Wissen Sie, ich habe bisher alle Klienten mit ähnlichen Problemen erfolgreich behandeln können. Es kommt vor, dass die Hypnose nicht richtig wirkt, dass sie bei manchen nicht anschlägt, weil sich der Betreffende innerlich dagegen wehrt. Aber es ist das erste Mal, dass jemand offenbar in eine Art somnambulen Zustand geriet.«

»Moment, langsam. Somnambulismus ist doch so etwas wie Schlafwandlerei, oder?«

»Ja, das stimmt.«

»Hören Sie, Herr Korte, ich bin da nicht wirklich bewandelt. Aber soll das heißen, dass Herr Hauptstein während der Hypnose schlafwandelte und Dinge tat, die Sie ihm gar nicht aufgetragen haben?«

»Er muss meine Hypnose in eine Art Selbsthypnose mit Autosuggestion transformiert haben.«

»Das erscheint mir doch sehr weit hergeholt. Ihr Nachbar gab an, er sei vom Balkon in den Pool gestürzt und dabei mit dem Kopf am Beckenrand aufgeschlagen. Finden Sie es nicht selbst etwas widersprüchlich, dass jemand Hilfe bei Ihnen sucht und sich dann umbringt?«

»Das verstehe ich selbst nicht. Die ganze Situation war ohnehin verrückt. Ich hätte besser aufpassen müssen.«

»Erzählen Sie mal, was genau passiert ist!«

»Gut. Herr Hauptstein kontaktierte mich vor ein paar Tagen telefonisch. Sein Problem bestand in einem ausgeprägten Waschzwang, der seine Lebensqualität seit Kindheitstagen beeinträchtigte. Er glaubte stets, nicht vorteilhaft zu riechen und kam an kaum einem Wasserbecken vorbei, ohne es für seine Körperpflege zu benutzen. Für den heutigen Tag setzten wir die Hypnose an, und es begann auch vielversprechend. Doch dann wachte er mittendrin auf, so dachte ich zumindest, und fragte nach der Toilette. Ich war etwas perplex und zeigte ihm den Weg. Mein Badezimmer befindet sich schräg gegenüber von meinem Sprechzimmer im Obergeschoss, also genau gegenüber vom Balkon. Er ging also rein und kam nicht wieder und ich vermute, dass er irgendwie in den hypnotischen Zustand zurückgefallen ist. Oder aber sein vermeintliches Erwachen gehörte schon zu der seltsamen Transformation. Das kann ich nicht genau sagen. In diesem Moment erschien ein anderer Klient ohne Termin, der an einer akuten Sache zu leiden hatte und um eine sofortige Behandlung bat, weil er kurz vorm Durchdrehen war. Also nutzte ich die Zeit und schob ihn dazwischen. Allerdings schaute ich nicht auf die Uhr dabei, verlor irgendwie mein Zeitgefühl, und als der Mann wieder ging, waren drei Stunden vergangen. Dann

wollte ich im Badezimmer nach dem Rechten sehen, öffnete kurz die Tür und hörte, wie Badewasser ablief. Da war mir klar, dass die Hypnose ins Gegenteil verdreht worden war. Hauptstein hatte ein Bad genommen, also genau das gemacht, wovon die Behandlung ihn kurieren sollte. Weil ich ihn nicht halbnackt überraschen wollte, ging ich zurück ins Sprechzimmer, um dort auf ihn zu warten. Dann hörte ich plötzlich, wie jemand über den Flur rannte, und dann folgte auch schon das Knall- und Platschgeräusch von draußen. Den Rest kennen Sie.«

»Hatte Herr Hauptstein die Tür denn nicht abgeschlossen?«

»Es ist kein Schlüssel in der Tür. Weil ich hier allein wohne und das Bad für gewöhnlich allein benutze, lege ich keinen Wert darauf. Ich glaube, als er hineinging, hat er noch nicht einmal Licht angemacht.«

»Würden Sie mir Ihr Badezimmer mal zeigen?«

»Selbstverständlich. Folgen Sie mir bitte.«

Korte führte ihn ins Haus und die Treppe hinauf. An der Badezimmertür machte er Halt.

»Hier ist es.«

»Hm«, brummte der Inspektor, während er an der Klinke rüttelte. »Scheint zu klemmen.«

»Oh nein, keineswegs«, widersprach der Psychologe und zog an der Tür, die sich sofort öffnete. »Das ist so eine Art optische Täuschung. Keine Ahnung, was sich der Architekt dabei gedacht hat. Die Tür sieht

aus, als würde sie sich nach innen öffnen. Sie geht aber zum Flur hin auf.«

»Aha. Na ja, das muss man natürlich auch erst mal wissen.«

Wulff trat ein und begutachtete den Raum.

»Enge Geschichte hier drin«, stellte er fest. »Über drei Stunden hier auszuharren, das kann einen vermutlich ziemlich verrückt machen, vor allem dann noch bei dem fahlen Licht. Könnte es eventuell sein, dass er längst raus wollte, aber aufgrund der Gegebenheiten mit der Tür dachte, er sei eingeschlossen?«

»Ich weiß nicht. Bei allem Respekt, aber kann wirklich jemand über drei Stunden hinweg so blöd sein?«

»Da habe ich schon die dollsten Sachen erlebt, das kann ich Ihnen sagen«, versicherte der Inspektor, während er sich nach ein paar Gegenständen in der Zimmerecke bückte und sie anschließend abwechselnd mit dem Türschloss begutachtete.

»Nein, ich bin mir sicher, dass die Hypnose noch irgendwie aktiv war«, meinte Korte.

»Sagen Sie mal, wissen Sie, was Hauptstein beruflich gemacht hat?«

»Ja, ich glaube, er war Dichter. Schrieb für Zeitungen und Zeitschriften. Lebte davon mehr schlecht als recht.«

»Soso, Dichter«, wiederholte der Beamte. »Was für ein undankbarer Job. Ständig den Kopf voll mit irgendwelchem philosophischen Kram, und irgendwann führt man Selbstgespräche. Nee, das wäre nichts für mich.«

Auf dem Weg zurück nach unten bat Wulff den Psychologen, sich für alle Fälle nicht zu weit zu entfernen, bis der Fall abgeschlossen sei. Dann wies er seine Kollegen an, allmählich zum Ende zu kommen.

»Also, wir können hier keine Fremdeinwirkung feststellen, Chef«, meinte einer der Spurensicherer.

»Ja, das dachte ich mir schon«, antwortete der Inspektor. »Packt zusammen. Ist alles etwas abstrus, aber das Leben hält immer einige Überraschungen bereit.«

Als er gerade zu seinem Dienstwagen gehen wollte, drehte er sich noch einmal um.

»Ach, Jungs«, rief er hinüber, »seid so gut und lasst dem armen Hund nach der Obduktion in der Gerichtsmedizin eine gründliche Wäsche zuteil werden.«

Und zu sich selbst murmelte er: »Schließlich wird er für die Ewigkeit drauf verzichten müssen.«

Dann zog er die Tür seines Fahrzeugs zu und fuhr davon.

Der erfüllte Wunsch

Svea Kerling

DER ERFÜLLTE WUNSCH

Mein werter Leser! Die Zeit erweist sich mir gegenüber ein letztes Mal als gnädig, sodass ich diese Worte
an Sie zu richten vermag. Meine Finger halten den
Stift derart, als wäre das Einzige, das mich von den
Untiefen der Hölle trennt, dieser Stift selbst. Mit der
Kraft der Verzweiflung bringe ich diese Worte zu Papier, und bitte – sehen Sie mir etwaige Fehler in Zeit
und Raum nach. Meine Erinnerungen sind lückenhaft.
Mein Geist müde und mein Körper nicht mehr als eine
Hülle, die allein durch Teufels Beitrag dazu gedrängt
wird, die Qualen des Irdischen ertragen zu müssen.
Und so komme ich meinem Versäumnis Ihnen gegen-
über nach und richte im Beisammensein meiner restlichen Kräfte folgende Worte an Sie:

Zum wiederholten Male möchte ich zum Ausdruck bringen, wie sehr es mich mit Ehre erfüllt, als
ein Teil Ihres Seins zu leben. Und dennoch – es stürzt
mich in tiefste Trauer, dass Sie hierfür in den Abgrund
meiner Seele blicken müssen. Und Sie tun es nicht auf
einen Befehl hin oder gar aus falschem Mitleid. Ihr Interesse entspringt nicht der Gier eines Gaffers, nein,
Sie tun dies aus freien Stücken. Fürwahr sehe ich mich
nicht imstande, mir auch nur auszumalen, welche
Monster Sie erblicken mögen und welchen Abscheu-

lichkeiten Sie sich zu stellen wagen. Und dennoch – Sie reichen ihnen die Hand. Sie, werter Leser, geben ihnen ein neues Zuhause. Sie geben *uns* ein neues Zuhause.

Nun, mein lieber Leser, Sie frugen einst nach meinem gegenständlichen Befinden. Es ist nichts an Wert daran. Weder an meinem Befinden noch an mir. Doch wage ich das Eingeständnis und möchte Ihnen wahrheitsgemäß berichten. Über etwas Neues. Etwas nie Dagewesenes. In mir ist etwas Neues. Etwas wurde in meinen Körper hineingeboren. Etwas, das nie hätte geboren werden dürfen. Etwas Unerbittliches in seiner Art. Etwas, das keine Gnade kannte. Es fügte mir Leid zu. Alles in mir formt sich auch heute noch zu einem Aufschrei, wenn ich an das Vergangene denke. Meine Knochen schmerzen. Meine Augen so trüb, dass allein die Dunkelheit es war, die mich vor Blindheit schützte. Mein Körper verhöhnte mich. Ächzend verspottete er mich, während ich meinem gequälten Leib Ruhe zuführen mochte, doch allein die unsägliche Müdigkeit selbst war es, die mich davor abhielt, vor meinem Selbst zu flüchten. Diffuse Gedanken plagten mich, ich konnte nicht deuten, wie lange ich mein Selbst noch zu erkennen imstande war. Dieses Selbst, das mir mit den Jahren so unkenntlich geworden war.

So wandelte ich fast zeitlebens unerkannt zwischen den Tälern Hoffnung und Lüge. Und klammerte ich mich während unseres letzten Schreibens noch an das, was allgemein gerne als Leben benannt, so wuchs

mit der Monster Zahl doch auch der Wunsch, meinem Dasein endlich entsagen zu dürfen. Meine Einsamkeit ertrug das Alleinige nicht mehr und so geschah es, dass ich selbst zu meinem Monster wurde. Hier und nun entblöße ich mit meinen Zeilen meine Seele – nur Ihnen allein gegenüber.

Mein Wachsein wurde zur Düsternis und noch größer wurde die Qual, die mir in meinen Träumen widerfuhr. Hätte ich doch mein Inneres in das Äußere verkehrt, so hätte man es gewagt, mir Glauben zu schenken. Die Monster, denen ich einst ein Heim gab, haben es für sich eingenommen. Duldeten sie mich einst als Gast und als einen Reisenden, so gaben sie mir nun deutlich zu verstehen, dass ich jedwedes Recht auf Verbleib verwirkt hatte. All meinem Bedauern und all meiner Suche nach Fehlern in mir zum Trotz gönnten Sie mir keinen weiteren Verbleib. So verhielt ich mich ruhig, um von ihnen unerkannt zu bleiben. Ich getraute mich nicht zu sprechen, noch nicht mal zu denken. Nur das Nötigste an Nahrung und Wasser hatte ich mir gestattet, um ja nicht ihre Aufmerksamkeit auf mich zu lenken. Ich atmete leise und weilte im Verborgenen. Ich passte mich an. Ich nahm ihre Sprache an. Ihr Gebaren. Sämtliches Tun und Handeln passte ich ihnen an. Nur mein verräterisches Denken konnte ich nicht überlisten. Jeder Versuch, mein Denken an ihresgleichen anzupassen schlug fehl und sie bestraften mich qualvoll für mein Unvermögen.

So bitte ich nun Sie als Freund. Gestatten Sie mir höflichst, diesen Begriff der Vertrautheit zu wählen. Sie als meinen Freund zu wissen, der mich begleitet seit so vielen Jahren, gibt mir Kraft, meinem Brief ein nötiges Ende zu geben. So bitte ich Sie nun nochmalig, seien Sie mir nicht gram und seien Sie mir auch ein Freund in dieser Stunde meiner Angst. Diese Stunde ist alles, was von mir bleibt.

Es vermag wohl mein letzter Atemzug sein, dem Sie beiwohnen. Eine letzte Handlung, die mir bleibt, bevor ich mich vom Diesseits verabschiede. Und seien Sie gewiss, ich werde den Abschied in keinster Weise bedauern. Mit Ihnen als Freund an meiner Seite. Dem Leben nachzutrauern jedoch wäre nur ein Hinauszögern des Unvermeidlichen.

So mag ich wohl sterben, doch die Hoffnung, dass mich im Diesseits das Nichts erwartet, bleibt bestehen. Und ich klammere mich daran so wie ich mich an den Stift klammere, der meine letzten Gedanken für Sie manifestiert.

Es ist kein Leichtes, doch ein wenig Zeit bleibt mir noch und so sammle ich meinen Geist, lass Sie tief Luft holen und bitte Sie innigst, keinen Zweifel zu hegen darüber, was mir widerfuhr:

Es war eine Nacht im Herbst. Es muss so gewesen sein. Die Nächte wurden kühler. Allmählich kürzer die Tage. Doch noch hing kein Nebel in den engen Gassen der Stadt. Ich befand mich auf meinem Weg nach Hau-

se, nicht jedoch, ohne kurz meiner Stammkneipe einen Besuch abzustatten. Und was wäre ich für ein unhöflicher Gast gewesen, nicht noch ein wenig in der mir so vertrauten Räumlichkeit zu verweilen. Und wie hätte ich der mir gebotenen Gastfreundschaft widerstehen können. Also blieb ich und genoss mein Bier. Frisch und herb war es, so wie es mir besonders mundete. Wie hätte ich meinen Gastgeber in seinem Stolz verletzen und den zweiten Krug, gefüllt mit dem bekömmlichen Gerstensaft, nicht goutieren können? Und einen letzten noch, zum Abschied, genehmigte ich mir und genoss ihn in vollen Zügen. Doch dann wurde es auch Zeit für mich. Zeit, mich zu bedanken, die Zeche zu zahlen und mich zu verabschieden. So ging ich mit leichtem Gemüt in die Nacht hinaus.

Aus der Ferne war ein aufgeregtes Hundegebell zu hören. Kurz darauf das laute Fauchen einer Katze. Sie hatten sich wohl nicht viel zu sagen. Ich schmunzelte in mich hinein. Meinem Weib und mir ging es oftmals nicht anders. Nur kurz ließ ich mich zu der Fragestellung hinreißen, wer denn von uns beiden bellte und wer das Katzenvieh war, doch ich gestand mir ein, dass ich mich hier und jetzt zu keiner befriedigenden Antwort durchringen konnte.

Ich war fast angekommen. Nur ein paar Schritte trennten mich von meiner Wohnung. Noch flackerte Licht im Schlafzimmer. Annora schlief noch nicht. Wie ich sie kannte, hatte sie sich zurückgezogen mit einem

Buch. Gespannt. Und sie wartete. Wartete gespannt auf ihren Gatten. Mich. Statt mich zu sputen, wollte ich mich dem Zanke mit meinem Weib nicht stellen und bog gehetzt links in die Gasse ein. Das Ende der Sackgasse war erhellt. Musik drang an mein Ohr. Durch das Fenster konnte ich menschliche Silhouetten erkennen. Mochten mir die Augen auch einen Streich spielen oder auch nur der Alkohol es sein, der mir etwas vorgaukelte, es störte mich nicht. Für eine Weile stand ich in mir ruhend und gaffend vor dem einzigen Fenster mit offenen Vorhängen. Ich konnte meinen Blick nicht lösen – von den Frauen mit eng geschnürten Miedern. Ihre Brüste, nur halb bedeckt, zogen mich in ihren Bann und ich beschloss, meiner Sehnsucht nach einem weichen Frauenkörper nachzugeben.

Noch während ich diese Spelunke betrat – mehr war es nach einem weiteren Blick nicht –, umgab mich ein Gefühl der Lust und der Vorfreude. Ich fühlte mich willkommen und würde mich getrost meiner Leidenschaft, vergessen zu wollen, hingeben können. In besonderer Form fühlte ich mich von der dunklen Schönheit Sierra angezogen, die ich kurz davor durch das Fenster erspäht hatte. Ein Weib, mir in seinem Wesen mehr vertraut als mein eigenes Frauenzimmer. Eines, wohlgesinnt und offen, mir Liebkosungen entgegenzubringen. Sichtlich leichtfertig war meine Frage, ob sich denn ihr Name auf ihren Busen bezog, doch sie lächelte nur und drückte mich an ihr üppiges Dekolleté.

Heute, hier und jetzt, kann ich behaupten
dass meine Monster und ich im Einklang
uns bewegten. Meine Monster sahen mich
als ihresgleichen an. Je länger ich mich zu
der Musik bewegte, desto mehr wurden wir
eins. Wir tanzten denselben Schritt,
atmeten dieselbe Luft, umschlangen
dieselbe Frau.

Ein beschämendes Gefühl von Geborgenheit legte sich auf mich. Ich hing an ihren weichen Lippen wie ein Baby, das man seiner Mutter entrissen hatte, und das war es, was ich tun musste: mich Sierra entreißen. Mich *losreißen*. Nur einmal noch meine Arme um ihre Hüften legen. Nur einmal noch den Geruch ihrer samtigen Haut einatmen. Nur einmal noch ihren Atem an meinem Ohr spüren. Ich gebe es zu, ich war wohl ein Gauner, ein Trinker und Säufer. Dem Spiel zugetan und nur Belzeebub allein führte Buch darüber, wie oft ich mein Salär verlumpte, doch ich war partout kein Ehebrecher. Dieser Schmach und Erniedrigung würde ich Annora nie aussetzen. Zu stark noch die Erinnerung an unsere einstige Liebe, die ich all die Jahre für sie gehegt hatte.

Sohin musste ich wohl oder übel den Heimweg zu meinem zänkischen Weib antreten. Doch der mir so vertraute Weg zog sich unaufhörlich in die Länge. Ihnen, der mir freundlich gesinnt, mag nun die Sache mit der Zeit in den Sinn kommen – doch glauben Sie mir, die Zeit tat hier nichts zur Sache. Der Weg selbst war es, der wortwörtlich immer länger mir erschien. Nein, versuchen Sie mich richtig zu verstehen. Nicht der Alkohol hatte mein Hirn in falsche Wahrnehmungen gehüllt. Ich denke, es waren die Laternen. Es war das flackernde Licht, das sie auf mich hetzten. Wohl war es derselbe Weg, den Straßenrand säumten dieselben Häuser und es waren in der Tat dieselben Later-

nen, doch waren es nicht dieselben Schatten, die sie warfen. Ich muss mich konzentrieren, um nicht abzuschweifen.

Der Reihe nach: Der Weg war es, der partout nicht enden wollte. So, als würde ich nicht vorankommen trotz meiner eiligen und wiederholt gehetzten Schritte. Als würde ich gegen etwas ankämpfen, das nicht war. Und es war auch nicht mein Schatten. Mit einem lauten Schrei, der in normalen Nächten erboste Nachbarn dazu gebracht hätte, mich einen Lump zu schimpfen, wich ich entsetzt vor dem Licht zurück. Ich versuchte dem Licht der Laterne zu entkommen. Mit einem mächtigen Satz sprang ich in die mir so Schutz verheißende Dunkelheit. Ich fühlte mich in Sicherheit. Hier gab es kein Licht, das Schatten warf. Dessen war ich mir sicher, doch was das ganze Geschehnis noch an Absurdität übertraf, so war es mein eigener Schatten, vor dem ich versuchte zu fliehen. Doch was tun? Wie sollte ich weiter verfahren? Der Tag würde kommen, das Licht mich in sein Schattenspiel einsaugen. Sie, mein Freund, werden sich wohl fragen: Warum denn diese Angst? Ob ich denn Satan verfallen, ihm zusehends zugetan war? War er es, der mich an das Gute im Licht nicht glauben ließ und mich schützend mit Finsternis umgab? So glaube mir jeder Leser, als Freund oder auch mir feindlich gesinnt, wenn ich diesem Gedankengang entschieden widersprechen muss. Die Finsternis hat mir nicht übel zugespielt. Es war

das Licht, das mir meinen Schatten stahl und ihn gegen mich hetzte. Wie vielen mag es wohl schon so ergangen sein? Wie viele vor mir waren schon dem trügerischen Licht zum Opfer gefallen wie Motten, die Schutz im Lichte suchten? Es erfüllte mich mit Angst, doch meine Neugier war stärker. Ich sah Schatten tanzen im Lichte der Laternen. Es mochte ein schier fröhlicher Tanz sein, doch das minderte meinen Schrecken keineswegs. Zweifelsfrei erkannte ich unter den gezählten zwölf Schatten den meinigen. Unverwechselbar der gezwirbelte Moustache. Unverkennbar mein Gehstock, der mir zwar unterwegs im Schocke aus der rechten Hand geglitten war, doch mein Schatten wusste sich damit gut zu bewegen. So mich meine Augen nicht betrogen hatten, zählte ich sechs Tiergestalten, allesamt aufrecht auf ihren Hinterbeinen tanzend. Es waren wohl Ziegen, die auf ihren Hufen sich zu einer mir nicht hörbaren Musik bewegten, vier Männer und zwei üppige Frauenleiber. Sie schienen sich ruhig und gleichmäßig zu bewegen. Zu einer Musik, die wohl nur ihnen zuteil wurde. Ich hörte nichts, so sehr ich auch lauschte. Sie wirkten zwar friedlich, doch erschrak es mich zu Tode, als ein Ziegenbock eine der zwei weiblichen Gestalten galant zum Tanz aufforderte. Menschlich in seinen Bewegungen, obgleich ohne Hände und Finger, griff er nach ihrer wohlgeformten Hand, die sie ihm anbot. Meine Augen spielten mir wohl einen Streich, doch ich glaubte ein leicht verlegenes Lächeln in ihrem Gesicht zu erkennen.

Während ich mir in meinem Kopf mehrere Flucht-wege zurechtlegte, meldete sich ein anderer Teil in mir, der mich mahnte, mich ja vorzusehen und genau zu überlegen, wohin ich denn flüchten wolle und wo-vor. Vor mir selbst? In diesem Augenblick sehnte ich mich nach Sierra und ihrer mütterlichen Brust. Ja, mei-ne Flucht mochte mich in ihre Hände treiben. In ihren Armen mochte ich auf mein Schicksal warten. Darauf, dass ich wohl beschützt aus meinem Rausch erwachte. Sodann nickte ich mir selbst zu. *Mir* wohlgemerkt, nicht meinem Schatten, und war fest erpicht darauf, meinem eigenen Entschluss nicht im Wege zu stehen. Beschwingt von leichter Musik, die nunmehr auch mir ans Ohr drang, fasste ich Mut, um mich zu dem Ort zu bewegen, an dem ich noch kürzlich mit Glück geseg-net wurde. Zu meiner Überraschung und Zufrieden-heit gleichermaßen dauerte der Weg bis in die mir willkommene Spelunke nur gefühlte zwei Atemzüge. Die tanzenden Schatten hatten schier keine Notiz von mir genommen, als ich wortlos verschwand. Bald da-rauf konnte ich die sich zur Musik wiegenden Körper durch das Fenster erspähen. Auch Sierra würde da sein.

Damals … ich überlegte kurz. Wann war das ge-nau? Wie viel Zeit war denn vergangen, seit ich das erste Mal auf dieses Etablissement gestoßen war? Das Damals, das mich in die Hände der bezaubernden Si-erra geführt hatte. Die Erinnerung daran war in tiefs-ten Nebel getaucht.

Ich war in dem Glauben aufgewachsen, dass in der Dunkelheit das Böse lauerte und der Teufel schöne Musik nicht kannte. Und so sah ich das Böse nicht kommen. Verstehen Sie mich nicht falsch, ich war mir sehr wohl meines Glaubensfehlers bewusst. Ich wusste sehr wohl, dass jedweder Glaube früher oder später dem Irrglauben zum Opfer fiel. Dennoch – ich wäre kein Mensch gewesen, nicht dem Trugschluss der Hoffnung immer wieder zu verfallen. In keinster Weise war ich mir der Gefahr bewusst, die auf mich lauerte zwischen all den Menschen, der beschwingten Musik und meiner Zuneigung für Sierra. Ich hätte es ahnen sollen, ich armer Thor …

Wie ein Süchtiger lag ich in ihren Armen. Ich war gefangen. Von Sierra. Und von der Musik, die mich alles um mich herum vergessen ließ. Für immer wollte ich in diesem Zustand gefangen sein. Ich war wie im Rausch, der mich vom Verdruss und all den Unannehmlichkeiten des Tages fern hielt und mich schützend in seinem Bann hielt. Diese Nacht hätte mir nur ein freier Wunsch genügt.

Als die Musik schließlich zu ihrem Ende fand, hatte auch ich alles um mich herum vergessen. Eine angenehme Schwere machte sich in meinen Gliedern breit. Müdigkeit umgarnte mich wie eine Geliebte. Ich bewegte mich zu der Musik. Sehr wohl hatte ich registriert, dass der Raum sich leerte, doch immer noch war die Musik in meinen Ohren deutlich hörbar. *Deutlich.* Ich

spürte sie in jeder Faser meines Körpers. Mehr noch: Heute, hier und jetzt, kann ich behaupten, dass meine Monster und ich im Einklang uns bewegten. Meine Monster sahen mich als ihresgleichen an. Je länger ich mich zu der Musik bewegte, desto mehr wurden wir eins. Wir tanzten denselben Schritt, atmeten dieselbe Luft, umschlangen dieselbe Frau. Wir lebten gemeinsam. Wir *liebten* gemeinsam. Es war wohl das, was insgeheim die Erfüllung bedeutete. All die Bücher, in die ich mich vertieft hatte, all der Alkohol, in dem ich den noch tieferen Sinn des Lebens suchte, waren vergessen. Alles um mich herum verblasste, als schien ein Maler, unzufrieden mit seiner Kunst, sein Gemälde zu übermalen. Zuerst mit zaghaften Pinselstrichen, doch er wurde mutiger. Besessener. Bis er es mir nachzumachen schien und losgelöst von den Sinnen alles hier im Raum verschwinden ließ. Noch konnte ich Sierra fühlen. Ihren warmen Körper halten, doch er verblasste. Befand sie der Künstler nicht für gut genug? Nein, Sie irren, lieber Freund, wenn Sie an Nebel denken, der geheimnisvoll das Verschwinden für sich beanspruchte – derart, wie es in Büchern geschrieben stand. Es war gar so, wie ich es zuvor versuchte zu umschreiben. Als wären wir Teile eines Gemäldes. Eines Kunstwerks. Eines großen Ganzen. Sierras Arme verschwanden. Sie verzerrte keine Miene dabei. Der Maler strich ihren Hals durch. Ihr Kopf bewegte sich nun allein zur Musik. Es irritierte mich ein wenig, wie er in einem anderen Takt als ihr Rumpf zur Musik sich

hin und her wiegte. Ich sah hinunter. Sierras Beine fehlten. Langsam fuhr der Maler hinauf, ihre Hüften entlang, und übermalte sie mit dem Nichts. Ich umklammerte ihren Leib, den kläglichen Rest, doch auch er wurde mir entrissen. Ihr Gesicht glich einer Fratze, die nur mehr aus einem Auge mich anblickte. Ihr Lächeln wirkte verzerrt; nur verzogene Striche, die tanzten. Mit einem endgültigen letzten Pinselstrich wurde sie mir genommen. Keine Sierra mehr. Keine Musik. In meinem Kopf steigerte sich das Chaos. Meine Monster beschwerten sich. Sie wollten mehr. Und ich? Ich sehnte mich nach der Ruhe in meinem Kopf. Nach der Unbeschwertheit. Nach Sierra. Nach und nach schien alles hier im Raum dem Maler zum Opfer zu fallen. Natürlich, welche Frage, zweifelsfrei versuchte ich die Dinge zu halten, ihr Verschwinden aufzuhalten. Ich flehte den Künstler an, doch endlich innezuhalten. Ich schrie hinaus, warum er denn so ein prachtvolles Kunstwerk zerstören müsse. Ich bat nach dem einen Wunsch. Meinem letzten Wunsch. Man möge ihn mir doch gönnen. Der Raum, in dem ich noch kurz zuvor in Glückseligkeit mich wähnte, war verschwunden.

Ich weiß nicht, ob meine Zeilen Sie, meinen lieben Freund und Leser, erreichen werden. Doch Sie müssen wissen, ich bin glücklich. Hier – mit Sierra. Ewig – mit Sierra. Ewig – mit dieser einen Musik. Tanzend. Glücklich. Keine Stimmen mehr. Ich hatte mich geirrt. Es gab keine Monster. Es gibt nur uns.

Wir sind sieben

J. Mertens

WIR SIND SIEBEN

Wir sind sieben an der Zahl
Begleiter über Berg und Tal
Verführerisch in deinem Sinn
Wir laden ein, du gibst dich hin

Zu keiner Zeit sind wir dir fern
Gebrauchst du uns doch allzu gern
Sind Medizin von Früh bis Spät
Für deine Lebensqualität

Doch siehst du nie unser Gesicht
Die Antlitze, die kennst du nicht
Denn wir agier'n durch deine Hand
Blick in den Spiegel an der Wand

Wir handeln erst durch deinen Ruf
Dein Wille trägt den Ziegenhuf
Und nutzt du uns für dein Pläsier
So liegt die Schuld allein bei dir

Seit der Menschheit Anbeginn
Verheißen wir dir den Gewinn
Durch Schwächen, die dir auferlegt
Die Zweifel werden fortgefegt

Nutze uns ganz ohne Fleiß
Am Ende erst zahlst du den Preis
Jeden Tag hast du die Wahl
Wir sind sieben an der Zahl

Wir sind sieben
SUPERBIA

I

Ich bin der Stolz, auch Hochmut genannt
Drück all deine Zweifel an die Wand
Vermittle dir ein schönes Bild
Von deinem Wert, so schön und wild

Ich mach dich groß in deiner Welt
Wer sich dir auch entgegenstellt
Er wird geblendet von der Macht
Nicht ernst genommen und verlacht

Die Eitelkeit, sie macht dich groß
Stellt gern das Gegenüber bloß
Wie ein Ritter in hellem Licht
Erstrahlst du gern, doch bist du's nicht

Labst dich in großem Schatten munter
Und hoffst, alles geht darin unter
Die Größe wird dir weiter fehlen
Du degradierst nur fremde Seelen

Willst mehr mimen, als du bist
In aller Augen ein Narzisst
Versuchst zu täuschen diese Massen
Man wird dich dafür ewig hassen

Kommt oft auch Hochmut vor dem Fall
Begleite ich dich überall
Damit ich dich zum Stolz verleite
Superbia steht an deiner Seite

Wir sind sieben

AVARITIA

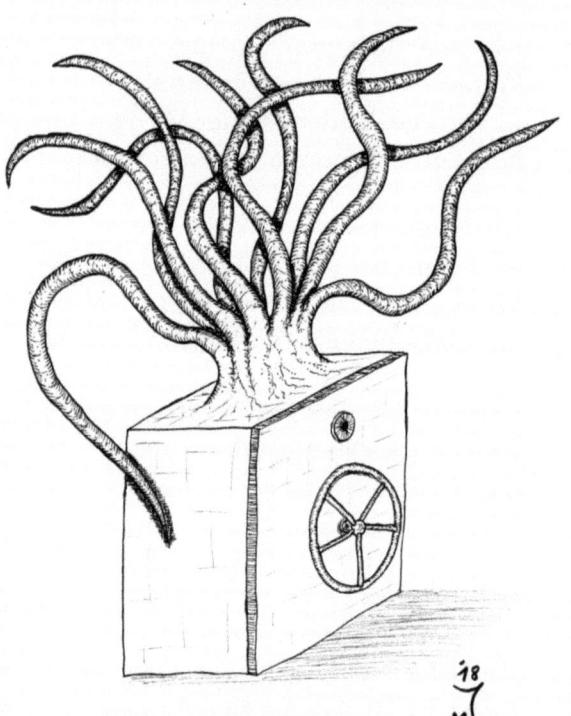

2

Avaritia, so werd' ich genannt
Und bin als Füllhorn wohl bekannt
Bin Habsucht, Geiz und Rafferei
Für deine Gier steh' ich dir frei

Mit langen Armen sorge ich
Für deine Güter ewiglich
Bewach' sie durch ein eisern Tor
In deinem inneren Tresor

Und niemand langt in ihn hinein
Der Mammon ist für dich allein
Kannst ihn horten, um ihn zu haben
Für alle Zeit dich dran erlaben

Und der Tresor umschließt dein Herz
Gefangen auch der Welten Schmerz
Um Emotionen wird es finster
Gift verstreut der schwarze Ginster

Wo Altruismus ist gefragt
Da hat längst die Macht versagt
Denn wie ein König auf dem Thron
Hockst du auf deinem schäbig Lohn

Du lässt dich an Materie binden
Die Menschen werden vor dir schwinden
Und bist du erst von allem frei
Avaritia steht dir bei

Wir sind sieben

LUXURIA

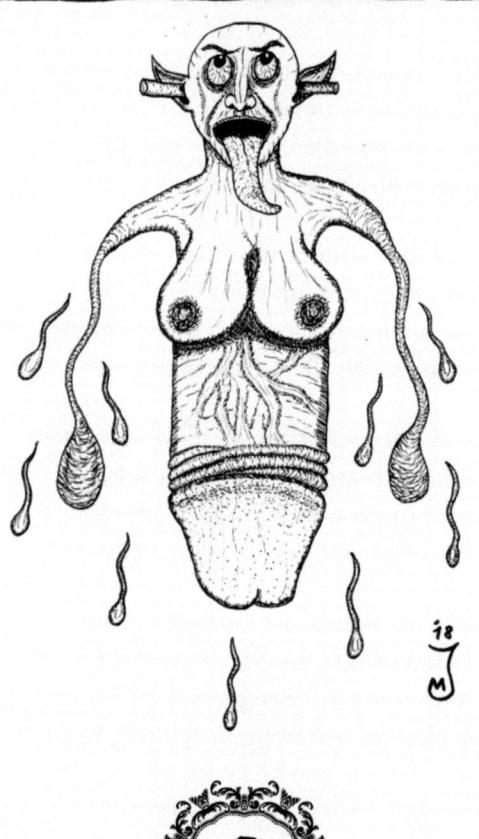

Luxuria, so ist mein Name
Versteck mich nicht mit falschem Schame
Zwischen Beinen wohne ich
Und diene dir nicht zimperlich

Bin Wollust und Genussbegehr'
Und mache es dir niemals schwer
Verstand schieb ich in tiefe Schichten
Nur um den Coitus zu verrichten

Dabei agier' ich kühl und kalt
Und notfalls auch mit Urgewalt
Ein Nein, das kommt bei mir nicht vor
Verschließen Stöpsel doch mein Ohr

Wenn du beherrscht bist von dem Triebe
So ist das nicht die wahre Liebe
Nur auf den Körper degradiert
Wird alles and're ausradiert

Genuss in seiner tiefsten Form
Mit meiner Kraft wird er zur Norm
Erfahre, wie dich nichts mehr ziert
Und es dein Leben dominiert

Du offenbarst mit deinem Saft
Die Schändung deiner Liebeskraft
Sie wartet nur auf deine Bitte
Luxuria in deinem Schritte

Wir sind sieben

IRA

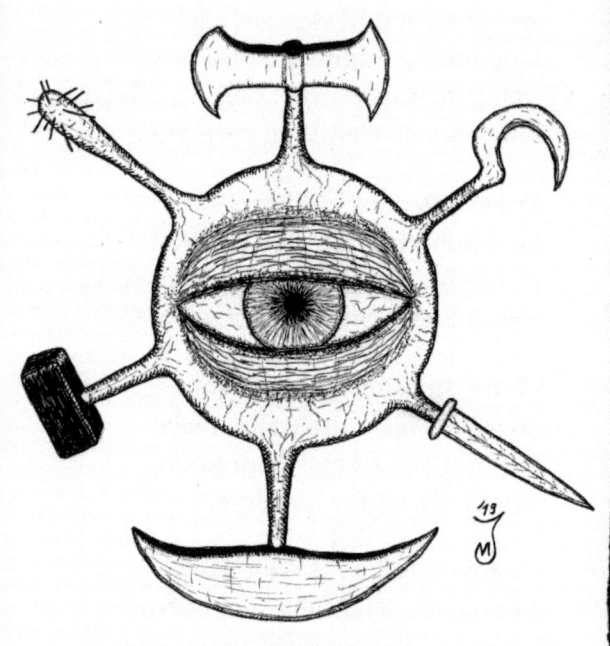

4

Ich bin Ira, die Nummer Vier
Schwert und Lunte bring' ich dir
Jähzorn, Rache und auch Wut
Geschmiedet in der Höllenglut

Gewalt, die Lösung aller Pein
Verpflanz' ich in dein Herz hinein
Damit solch Blut, wie's dich bewegt
Sich über deine Feinde legt

Ein falsches Wort, die falsche Tat
Behandel ich wie Hochverrat
Und treibe dich bis hin zum Ende
Zum Strafvollzug durch deine Hände

Die Raserei sei dir gegeben
Nichts bedeutet fremdes Leben
Mit dem Wunsch nach Vergeltung im Sinn
Den Kopf, den hältst du selber hin

Feinde, welche nach dir gieren
Liebste, die nicht funktionieren
Mensch und Tier, was dich nur stört
Vernichte, was sich nicht gehört

Ich helfe dir mit stählerner Hand
Den Tod zu bringen übers Land
Bis jeder Mann am Boden liege
Ira treibt dich an zum Kriege

Wir sind sieben
GULA

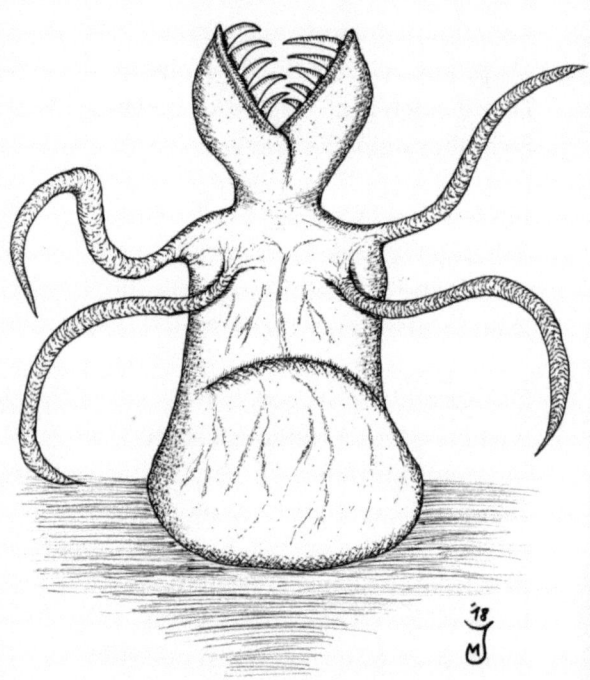

5

Gestatten: Gula, die Völlerei
Maßlos bin ich stets dabei
Gefräßigkeit sei dein Genuss
Friss und sauf im Überfluss

Auch wenn der Hunger längst gestillt
Zum Mahle bin ich stets gewillt
Ich bin für dich der Nimmersatt
Der viele große Mägen hat

Lass die faulen Bettler darben
Durch meine Gier schon viele starben
Damit dein Tisch ist stets gedeckt
Selbstsucht hinter allem steckt

Gib dich hin dem großen Fraße
Würg es rein in vollem Maße
Vom Fisch die Augen, selbst die Gräten
Bis du platzt aus allen Nähten

Wenn alles ist im Bauch verstaut
Dann rülps und furz und lache laut
Ich lache mit, sitz neben dir
Und deinen Odem nehm ich mir

Sieh, es ist dein Leichenschmaus
Das Gift, es kommt nie wieder raus
Das Festmahl währt nicht ewiglich
Denn zuletzt frisst Gula dich

Wir sind sieben

INVIDIA

Invidia, so nennt man mich
Neid und Missgunst, das bin ich
Für Eifersucht bin ich bekannt
Mach jede Nichtigkeit brisant

Was ich höre, was ich sehe
Ich witter überall nur Wehe
Was ich seh, das muss ich haben
Niemand sonst soll sich dran laben

So bringe ich dir off'ne Sinne
Damit vor Gram dein Blut gerinne
Wenn du siehst das fremde Gut
Mit Sehnsuchtsschmerz und blinder Wut

Denn ich verhinder deine Gabe
Froh zu sein um deine Habe
Bring dir Argwohn, Gier und Neid
Statt Frohsinn und Zufriedenheit

Verblendet vom Besitz der andern
Sollen die Gedanken wandern
Dass du sie nur hasst dafür
Damit du schließt dir selbst die Tür

Denn das ist meine große Kunst
Friedfertigkeit verhüllt in Dunst
Vertrau mir, ich bin immer da
Es grüßet dich Invidia

Wir sind sieben

ACEDIA

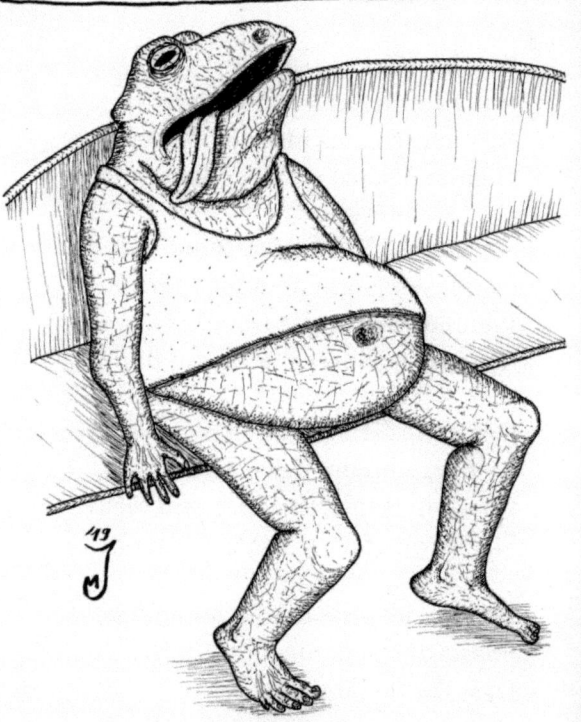

7

Ich bin der letzte in dieser Schar
Faulheit, Trägheit - Acedia
Feige bin ich und ignorant
Schmeiß jede Arbeit an die Wand

Meine Gesellschaft tut dir gut
Weil jeder Finger endlich ruht
Leg dich hin und lass dir Zeit
Fühl dich von Tätigkeit befreit

Keine Sorgen, keine Qual
Die Welt da draußen wird egal
Müßiggang spendier' ich dir
Verlass dich drauf, du dankst es mir

Nun kannst du gammeln ungehetzt
Faulenzen, bis du Speck ansetzt
Die stärksten Muskeln schlafen ein
Paralysiert wird Arm und Bein

Und auch der Kopf, er wird ganz leer
Gedanken schwinden immer mehr
Fett und verblödet liegst du dort
Die Langeweile wird zum Mord

Du willst es und ich bin dabei
Die Folgen sind mir einerlei
Sie sind meiner Hilfe Pfand
Ich bin die Faulheit, Acedia genannt

Wir sind sieben, sieben sind wir
Seit Menschengedenken sind wir hier
Zu allen Zeiten, in allen Reichen
Blieben wir doch stets die Gleichen

Superbia, Avaritia
Die Geilheit von Luxuria
Ira, Gula, Invidia
Die Faulheit von Acedia

Wir alle haben uns'ren Stand
Doch bleiben stets am sich'ren Rand
Und wenn du alles hast vernichtet
Die Klage wird an dich gerichtet

König, Schurke, Bettelmann
Jeder scheiterte daran
Wenn auch zunächst der Rubel rollt
Am Ende wird Tribut gezollt

Wir sind gefürchtet und bekannt
Und handeln nur durch deine Hand
Zu infizier'n dich mit dem Gift
Brauchen wir deine Unterschrift

Drum überlege sehr bedacht
Ob du in Anspruch nimmst die Macht
Die Entscheidung liegt bei dir
Wir sind sieben, sieben sind wir

Der Virus

Svea Kerling

DER VIRUS

»Niemand konnte mir bis jetzt helfen. Ich bilde mir das nicht ein.«

»Schmerzen kann man sich auch nicht einbilden. Und unter uns gesagt: Dem Schmerzempfinden ist es ziemlich egal, ob Einbildung oder nicht. Schmerz ist Schmerz. Ob eingebildet oder nicht.«

»Aber ich habe es mir wirklich nicht eingebildet.«

»Natürlich haben Sie nicht. Ich wollte es nur der Vollständigkeit halber erwähnen.«

»Danke.«

»Nicht dafür. Und? Hier?«

Der Arzt drückte seitlich des Nabels.

»Ich weiß nicht, es ist so ein stechender Schmerz. Kann es nicht genau beschreiben. Er strahlt aus. Kann den Schmerz überall fühlen. Kann nicht schlafen, nicht essen. Hab nur Kummer.«

»Verstehe. Auf einer Skala von eins bis zehn: Wie stark sind die Schmerzen?«

»Ich kann es wirklich nicht so genau sagen. Es ist mal so, mal so. An manchen Tagen beeinträchtigt er mich kaum. Es tut zwar weh, aber ich bin fähig, normal zur Arbeit zu gehen. An anderen Tagen möchte ich nur schreien vor Schmerzen. Da bleibe ich zu Hause und bin unfähig, mir auch nur einen Kaffee zu kochen.«

»Verstehe, Sie sind sehr beeinträchtigt in Ihrem Tun.«

»Ja, Herr Doktor. Ich leide. Sehr. Sie müssen mir glauben.«

»Natürlich, und ich werde den Übeltäter finden.«

»Danke. Man hat mich von Pontius zu Pilatus geschickt. Röntgen. Ultraschall. Tabletten, Tropfen … doch nichts hat mir geholfen.«

Gut, dass Sie zu mir gekommen sind. Wie sind Sie auf mich gestoßen?«

»Ich habe in der Zeitung darüber gelesen. Da war ein Artikel über Sie. Habe Sie auf dem Foto gesehen.«

»Ach ja, das Foto. War nicht sehr zufrieden damit.«

»Fand ich nicht so schlimm. Wie Sie arbeiten, Ihre Methoden, das war interessant. Ich schöpfte sofort neue Hoffnung.«

»Wie sagt man: Es gibt keine schlechte Publicity. Und wenn es dazu gedient hat, dass Sie mich aufsuchen und sich helfen lassen, hat es seinen Zweck erfüllt.«

»Ja, das Foto sagt nichts über Ihre Qualitäten als Fachmann aus.«

»Stimmt wohl, aber ich wäre doch viel lieber von meiner Schokoladenseite abgelichtet worden.«

»Aber …«

»Ich weiß, Eitelkeit steht niemandem gut zu Gesicht. Nicht einmal einem so Schönen wie mir.«

»Wie gesagt …«

»Ich weiß, Fotos sind zweitrangig, da gebe ich Ihnen recht. Momentaufnahmen.«

»Wissen Sie, Herr Doktor, ich hatte da mal ein Date mit einer Dame.«

»Und sie kannten Sie nur vom Foto?«

»Ja aus einer Datingplattform.«

»Aber Sie wissen schon, dass sich da allerhand Psychos herumtreiben?«

»Ja, das ist mir bewusst, doch ich hielt es für die einfachere Methode.«

»Sich zu verlieben?«

»Na ja, alles. Die machen da alles, diese Plattform wertete die Gemeinsamkeiten aus. Die Hobbys, um ein Beispiel zu nennen. Man gewinnt einen Eindruck über die Person.«

»Aber wo bleibt da der Nervenkitzel?«

»Glauben Sie, mir Herr Doktor, den gibt es zuhauf. Man weiß nie, ob die Person diejenige ist, die man vom Foto kennt. Darum sage ich ja auch: Fotos sind da wirklich zweitrangig. Eventuell ein Anhaltspunkt, doch nicht mehr.«

»Jetzt machen Sie mich neugierig. Wie lief das Date?«

»Laufen trifft es. Ich wäre am liebsten davongelaufen.«

»Also falsche Matching Points.«

»Denke, da waren alle Punkte falsch. Nein, da tu ich der Frau unrecht. Es war schon ihr Foto, nur vielleicht zwanzig Jahre alt.«

»Sie?«

»Nein, das Foto. Und Sie müssen wissen, auch das Doppelte ihrer Gewichtsangabe.«

»Wie verlief der Abend?«

»Ich bin Gentleman – gute Miene, böses Spiel. Haben was getrunken und gingen beide unserer Wege.«

»Wollte sie mehr?«

»Sie hätte sicher nichts gegen ein neuerliches Date gehabt, doch sie …«

»… war hässlich.«

»Na ja, sie war einfach nicht mein Typ.«

»Was ist denn Ihr Typ?«

»Na ja, Haarfarbe und so ist mir egal. Sie sollte einfach zu mir passen. Der Humor. Sie sollte geistvoll sein. Einfach einander treffen. Sich verlieben. Sollte passen.«

»Na, dann machen wir Sie wieder gesund.«

»Danke. Vielen Dank.«

»Danken Sie mir später.«

»Und da war einmal diese Frau, die …«

»Und das? Tut es weh, wenn ich hier draufdrücke?«

»Nicht wirklich, es fühlt sich nur komisch an.«

»Und wie komisch? Wie kann ich mir das vorstellen?«

»Na ja, unangenehm. Es tut nicht richtig weh.«

»Gut. Sagen Sie, seit wann genau haben Sie diese Schmerzen? Können Sie das zeitlich etwas eingrenzen?«

»Um ehrlich zu sein: Ich weiß es nicht genau. Sie waren immer wieder mal da. Mal traten sie plötzlich auf. Mal so im Hintergrund störend. Mal beißend. Stechend. Gegen Abend schlimmer. Doch nun seit gerau-

mer Zeit oftmals so stark, dass es mir die Luft zum Atmen nimmt.«

»Das kommt öfter vor? Die Atemnot?«

»Ja, mittlerweile ja. Anfänglich hab ich dem nicht so viel Beachtung geschenkt. Eine Magenverstimmung vielleicht. Hätte eine Nahrungsmittelunverträglichkeit sein können.«

»Und es kann es nicht sein, dass Sie etwas nicht gut vertragen?«

»Nein, ich bin auf alles getestet worden.«

»Und die Befunde waren normal?«

»Ja, ausnahmslos. Etwas erhöhte Cholesterinwerte. Vitamin-D-Mangel. Bitte, Sie müssen mir das glauben, ich bin mit meinem Latein am Ende und ich glaube, die Ärzte auch. Sie haben es nicht ernst genommen. Es sei normal, sagten sie.«

»Ich nehme Ihre Beschwerden sehr wohl ernst. Die Tests ergaben nämlich einen speziellen Virus. Manche Patienten tragen ihn lange in sich, mitunter Jahrzehnte, bis es dann schlussendlich zum Ausbruch kommt. Manche Menschen bleiben ein ganzes Leben vom Ausbruch dieses Virus verschont, obwohl sie den Erreger in sich tragen.«

»So wie bei einem Blinddarm?«

»Ja, sagen wir wie ein Blinddarm. Er tut nichts, bis er sich entzündet.«

»Was ist das genau für ein Virus? Was gibt es da für Therapien?«

»Sehen Sie es mal von der positiven Seite: Ihr Ärztemarathon hat ein Ende. Ich habe schon die richtige Therapie ausgearbeitet.«

»Aber seien Sie bitte ehrlich zu mir. Muss ich mir ernsthafte Sorgen machen?«

»Aber nein, vertrauen Sie mir. Mit der richtigen Behandlungsmethodik bekommen wir das gemeinsam wieder hin. Studien beweisen, dass die Chancen für eine baldige Genesung mehr als gut sind, jedoch nur mit der richtigen Therapie.«

»Schonen Sie mich nicht. Wie lange habe ich noch?«

»Ich würde mir an Ihrer Stelle keine Sorgen machen. Es ist nun wohl doch etwas ernster, als es zunächst den Anscheint hatte, aber wir starten gleich heute mit der Behandlung.«

»Herr Doktor, bitte, ich kann die Wahrheit vertragen. Nach so langer Zeit grässlicher Schmerzen wusste ich, dass es was Ernstes sein muss.«

»Der Virus hat die Nachbarorgane befallen. Wir müssen schnell handeln. Und ich wiederhole: Machen Sie sich keine Sorgen. Ich mache das nicht zum ersten Mal. Ich habe Erfahrung, bin Spezialist auf diesem Gebiet. Ich weiß, wo ich ansetzen muss.«

»Herr Doktor, ich lege mein ganzes Vertrauen in Sie.«

»Und das können Sie ohne Vorbehalt tun.«

»Ich hoffe, dass alles wieder gut wird. Es ein böser Traum ist. Ich hoffe …«

Verdammt, da waren keine Schmetterlinge
im Bauch, da war nur Bauch. Da war
nur Gedarm. Da war das Herz, die
Lunge. Da waren die Nieren und die
Harnblase. Der Versuch bei einer seiner
Operationen Raupen einzusetzen schlug
fehl. Sie entwickelten sich nicht. Keine
Raupen. Keine Schmetterlinge.

»Hoffnung ist doch nur etwas für Gläubige. Glauben Sie?«

»Woran?«

»Dass ich Ihnen helfen kann.«

»Ich verstehe nicht, Sie haben es mir doch versprochen. Sie haben gesagt, dass …«

»Ja, das habe ich, doch bitte hoffen Sie nicht. *Wünschen* Sie!«

»Ja, ich bin mir sicher, dass …«

»Wissen Sie, Wünsche können in Erfüllung gehen. Dass sage ich oft zu Menschen in Ihrer Lage. Aber Hoffnung … Hoffnung stirbt jedes Mal.«

»Ich wünsche es mir mehr als alles andere. Ich möchte wieder gesund werden. Ich möchte diese Schmerzen nicht mehr ertragen. Wieder normal sein. Lebensfreude spüren.«

»Und die große Liebe finden?«

»Die große Liebe, wissen Sie … diese eine … ich habe sie kurz erwähnt …«

»Wissen Sie, Sie sind von einer schweren Krankheit befallen. Sie sollten sich jetzt schonen.«

»Sie war meine große Liebe. Ich dachte, sie würde wie ich fühlen und nichts würde uns auseinanderbringen. Doch dieser Virus – er hat alles kaputt gemacht.«

»Vertrauen Sie mir. Legen Sie Ihr Leben ruhig in meine Hände.«

»Das tu ich. Alles sonst wäre die reinste Hölle.«

»Ja, das wäre es.«

Bedächtig öffnete der Arzt den Torso des Mannes, so wie er es während seiner Studienjahre gelernt hatte. Es ging ihm leicht von der Hand. Sein alter Professor wäre stolz auf ihn gewesen. Er konnte sich an den Tag erinnern, an dem er seine erste Leiche seziert hatte. Er war jung und unerfahren. Der tote Köper hatte ihn in gleichem Maße fasziniert und angeekelt. Noch beim Ansetzen seines ersten Schnittes hatte er sich übergeben. Und in diesem Moment hatte der Professor ein Foto von ihm geschossen. Er hatte gelacht und gemeint, es wäre nicht gerade die Schokoladenseite, die er getroffen hätte, und ihn stante pede hinausgeschickt, damit er sich die Kotze aus dem Kittel und aus dem Gesicht wischen konnte.

Eine Frage galt es von den Studenten zu beantworten: Was hatte den Mann getötet? Dem Mann damals hatte er nicht helfen können, doch die Zeiten hatten sich geändert. Langjährige Studien hatten ihn zu einer Koryphäe auf diesem Gebiet gemacht. Zahlreiche erkrankte Probanden hatten sich zu Testreihen gemeldet. Die Freiwilligkeit seiner Patienten, an seinen Experimenten teilzunehmen, hatte er immer hochgehalten. Die Krankheit war unfreiwillig genug. Er war stets redlich bemüht, den Menschen zu helfen. Zwischenzeitig gab es große Fortschritte auf diesem Gebiet, doch der wahre Ursprung dieser Krankheit blieb unerforscht. Thesen, Antithesen, Diagramme und Statistiken halfen nur bedingt bei seiner Forschungsar-

beit. Vielleicht war es nur Gottes sadistischer Humor, die Menschen leiden sehen zu wollen. Eine Plage unter einem trügerischen Deckmantel des Schutzes. Er wollte verdammt sein, dieser Geißel der Menschheit nicht Herr zu werden und sie auszurotten.

Schmetterlinge im Bauch! Sie alle hatten Schmetterlinge im Bauch. Doch seine Patienten hatten hoch und heilig geschworen, nicht eine dieser verfickten Raupen gefressen zu haben. Wie kamen sie also dahin? Er stand vor einem Rätsel.

Verdammt, da waren keine Schmetterlinge im Bauch, da war nur Bauch. Da war nur Gedärm. Da war das Herz, die Lunge. Da waren die Nieren und die Harnblase. Der Versuch, bei einer seiner Operationen Raupen einzusetzen, schlug fehl. Sie entwickelten sich nicht. Keine Raupen. Keine Schmetterlinge. Keine Gefühle, aber auch keine Schmerzen. Was darauf folgte, war sein Ausschluss aus der Ärztekammer. Das sei kein Kunstfehler gewesen, hatte man ihm vorgeworfen. Als ob Kunst Fehler machen würde. Er musste sich konzentrieren. Der Mann auf dem Tisch bedurfte seiner größten Aufmerksamkeit. Er legte die entnommenen Organe auf den Tisch, wusch sie sorgfältig ab und beäugte sie eingehend. Nichts, da war nichts. Auch die leere Bauchhöhle zeigte keine Anzeichen von Raupenfraß.

»Und, Herr Doktor, was meinen Sie?«

»Ich habe mein Möglichstes getan, nun liegt es an Ihnen. Haben Sie noch Schmerzen? Fühlen Sie?«

»Nein, ich fühle nichts. Aber mir ist kalt, ich friere.«

»Das gibt sich wieder. Sie gewöhnen sich an die Kälte. Wie pflegte mein alter Professor zu scherzen: Ohne Herz kein Schmerz. Selig seien die Toten.«

»Ohne Herz? Aber ich höre es doch schlagen. Tick tack.«

»Aber nein, das ist bloß die Uhr, die Sie hören. Sehen Sie? Genau dort über der Tür. Fünf Minuten nach zwölf. Mechanisches Uhrwerk, darum tickt sie so laut.«

»Aber wie geht es jetzt weiter mit mir? Werde ich wieder ganz gesund?«

»Monarchfalter, schon mal was darüber gehört? Ich erzähle Ihnen etwas über die Monarchfalter. Wenn der Sommer sich dem Ende neigt, es kühler wird, die Tage kürzer, dann verlassen diese Schmetterlinge ihren Lebensraum und fliegen nach Süden. Mit ihren zerbrechlichen Flügeln legen sie hunderte von Kilometern an einem Tag zurück. Kaum vorstellbar, aber bis zu einer Milliarde Tiere schaffen es ans Ziel. Sie überwintern, indem sie sich gegenseitig schützen und wärmen. Nach Monaten, wenn sie die Sonne wiedererweckt, kehrt ihr Leben zurück und sie beginnen wieder zu fliegen.

»Sie fliegen nach Hause?«

»Jene, die die lange Reise angetreten haben, sind dann aber längst gestorben. Ihr Leben ist zu kurz für

diese lange Strecke. Es sind neue Schmetterlinge, wiedergeborene, die an ihr Ziel gelangen. Und als genau das sollten Sie es jetzt sehen: Als eine Wiedergeburt.«

»Danke, Herr Doktor.«

»Jetzt dürfen Sie mir danken, denn glauben Sie mir, da ist nichts mehr. Nichts mehr, das Sie quälen wird. Wissen Sie, was laut meinem alten Professor die höchste Sterberate verursacht?«

»Was ist es?«

»Das Virus tötet jedes Jahr mehr Menschen als jede sonstige bekannte Seuche.«

»Welches Virus?«

»Die Liebe.«

Und nein, er bildete es sich nicht ein. Er half diesen Menschen. Unverkennbar das friedliche Lächeln in ihren Gesichtern, wenn sie dieses Genesungsstadium erreichten.

Er verließ den Raum, ging die Stiegen hoch. Der Fernseher lief noch. Er setzte sich in seinen Sessel und trank den Scotch zu Ende.

Er griff nach der Zeitung. *Psycho-Doc* nannten sie ihn. Wie einfallslos! Und noch immer keine Spur von dem Mörder. Mörder? Ganz bestimmt nicht! Sie *lebten.* Würde er jetzt in den Keller gehen und fragen – ja, sein Patient würde ihm antworten. Aber das Foto war und ist eine Beleidigung. Es läutete an der Tür.

»Verdammt, sie sollten weniger Schmetterlinge fressen.«

Warten auf Erebos

J. Mertens

WARTEN AUF EREBOS

Ich liebe diese verheißende Stille beim Übergang. Ja, ich liebe sie abgöttisch. Sie wird sich fortsetzen und noch weiter verdichten, sobald der Horizont diese leuchtende Sphäre endgültig verschlungen hat. Es wird nicht mehr lange dauern.

Ich greife in die Innentasche meines schwarzen Mantels – streife das Holster, während ich meine Zigaretten hervorhole und stecke mir sogleich eine an. Fast erwarte ich schon die störenden Bemerkungen. Nein, nicht bezüglich der Zigarette.

»Wie lange wollen wir denn jetzt noch hier herumstehen?«

Sehen Sie? Genau das habe ich gemeint. Diese angenehme Ruhe, die ich so genieße, wird permanent gestört durch das Gequatsche dieses Kerls in seinem strahlend weißen Anzug. Ich kann nicht verstehen, warum die Typen aus diesem Lager immer so redselig sein müssen. Es sind lebende Quasselmaschinen, die sich offenbar berufen fühlen, Licht auf alles werfen zu müssen, ob man das will oder nicht. Und nebenbei stellen sie dumme Fragen, die sich selbst genügen. Manchmal sind es auch Frauen; die sind noch lästiger. Sie kommen dann mit seltsamen Ritualen, wollen irgendwelche negative Energie aus deiner Aura pusten oder für dich beten. Ich bin es so leid.

»Wenn es dir zu lange dauert, kannst du dich ja hinlegen«, gebe ich zur Antwort.

Er verdreht die Augen.

»Hinlegen«, wiederholt er kopfschüttelnd. »Hinlegen soll ich mich. Hat man so was schon gehört?«

Er tapselt von einem Bein aufs andere. Irgendwie amüsant anzusehen, aber ich verkneife mir das Grinsen.

»Lass uns dem Ding doch hinterhergehen«, schlägt er mir allen Ernstes vor. »Noch ist Zeit. Du weißt doch: Hinterm Horizont geht es weiter.«

Jedes Mal dasselbe, er kapiert es einfach nicht. In dieser so alten Welt hat er bis heute nicht begriffen, dass jeder seinen eigenen Platz hat. Er geht mir einfach nur auf den Sack, fällt mir auf die Nerven. Am liebsten würde ich ... ach, lassen wir das. Es kommt ja eh, wie es kommen muss. Also schweige ich dazu.

»Habe ich dir eigentlich schon von einem meiner Bekannten erzählt?«, fragt er unermüdlich. »Er ist Wissenschaftler und befasst sich mit Teilchenphysik.«

»Nein, hast du nicht«, antworte ich lapidar. »Oder doch? Egal, jedenfalls interessiert es mich nicht.«

»Oh, vielleicht doch. Nun, er hat mir neulich was über Photonen erzählt. Weißt du, was Photonen sind? Das ist ein verdammt interessantes Thema. Das Licht, das man wahrnimmt, ist zwar nicht greifbar, aber trotzdem physischer Natur. Es sind winzig kleine Teilchen, die sich in unvorstellbarer Geschwindigkeit fortbewegen. Die Kraft und die Macht des Lichts werden

damit beweisbar. Hingegen ist die Dunkelheit nur die Abwesenheit desselben.«

Jetzt kommt er mir auch noch mit so alten Hüten. Kann er nicht einfach die Klappe halten?

»Ja, ich sehe schon, dein Bekannter ist eine wahre Leuchte. Bestell ihm einen schönen Gruß und sag ihm, die Finsternis ist von viel größerer Dichte. Sie ist nicht auf ein paar atomare Teilchen reduziert, die irgendwo unverfolgbar durch den Raum gestoßen werden. Sie senkt sich über einem nieder und wenn man ihre Stärke zu transformieren weiß, ist sie kraftvoller als jede Form des Lichts.«

Warum, zum Teufel, habe ich das gesagt? Jetzt habe ich die Diskussion am Hals. Dabei weiß ich ganz genau, dass man sich mit solchen Typen gar nicht erst auf Gespräche einlassen soll. Das kann ja noch heiter werden. Ich schaue hinüber zum Horizont - die Unterseite des Feuerballs berührt allmählich die Bergkette.

»Das hat aber mit Physik nichts zu tun. Um genau zu sein: weder mit Physik noch mit Spiritualität. Was willst du denn mit der Finsternis anfangen? Sie gebiert allenfalls Ungeheuer. Und überhaupt ist der Glaube an ... bäh, was ist das denn?«

Jetzt wäre eigentlich der Zeitpunkt gekommen, um laut loszulachen. Bei seiner Tapselei von einem Bein aufs andere ist er in einen Kothaufen von was auch immer hineingetreten.

»Scheiße ist das! Sowohl das, was du erzählst als auch das, was du jetzt am Schuh kleben hast. Da ha-

ben wir es doch wieder: Es ist im Prinzip noch hell genug, aber du siehst nicht mal die Kacke vor deinen eigenen Füßen.«

»Ja, mach dich nur lustig.«

Er hebt den betroffenen Fuß und versucht, sich den weißen Schuh abzuziehen. Dabei verliert er das Gleichgewicht, fällt auf den Hintern und setzt sich beinahe noch in den Haufen hinein.

»Hilf mir mal, ich kriege das Ding nicht vom Fuß runter.«

»Du erwartest nicht, dass ich den dreckigen Schuh jetzt noch anfasse, oder?«

»Dann lass es. Es ist hoffnungslos mit dir.«

»Was interessiert mich dein Schuh? Lass das Zeug doch dran, es ist ohnehin bald so weit.«

Er hält kurz inne und blickt in die Ferne zu dem hellen, runden Ding, dessen unterer Bogen bereits hinter dem Gebirge verschwunden ist.

»Ausgerechnet jetzt«, jammert er. »Haben wir irgendwo eine Taschenlampe?«

»Nein, und das weißt du ganz genau.«

Er fummelt weiter unbeirrt an seinem Schuh herum, wird immer hektischer.

»Hast du irgendwie Angst?«, frage ich.

»Ich? Angst? Nein, wovor sollte ich Angst haben? Vor der Dunkelheit? Vor dem Tod? Es ist doch alles ein Kreislauf, mein Guter. Licht verschwindet und kommt wieder. Dunkelheit zieht sich übers Land und verlässt

es wieder. Wir sterben und werden wiedergeboren. Warum also Angst? Nein, das ist es nicht.«

»Warum wirst du dann so nervös wegen so einem unwichtigen Scheiß?«

»Vielleicht lege ich Wert auf einen sauberen Abgang.«

»Im Dunkeln? Junge, deine Sorgen möchte ich haben. Außerdem kommt da doch ohnehin noch einiges zu.«

Er resigniert, lässt den Schuh los und legt die Unterarme auf die Knie.

»Warum tu ich mir das immer und immer wieder an?«, fragt er ins Leere. »Oder du, schau dich mal an. Ist es das alles wirklich wert? Die vielen Löcher in unseren Köpfen – und es ändert sich ja doch nichts. Und immer passiert es nur in diesen kurzen Phasen der Dämmerung. Was ist denn so besonders an dieser Grauzone?«

»Nichts. Sie ist wertlos. Schichtübergabe halt.«

»Kann man das denn nicht kürzer fassen?«

»Ich habe nichts dagegen. Aber das entscheiden wir nicht.«

»Dann werde ich wohl mal einen Verbesserungsvorschlag machen müssen.«

»Du könntest schon eine Menge verbessern, wenn du einfach nur die Klappe halten würdest.«

»Einer muss doch für ein wenig Unterhaltung sorgen.«

»Das ist keine Unterhaltung, das ist Schwachsinn. Bring dir das nächste Mal eine Parkuhr mit!«

»Warum bist du so unhöflich?«

Ich bewege mich um ihn herum, halte ihm
den Lauf an den Hinterkopf und drücke
ab. Mit dem üblichen lauten Knall
wirft ihn die Wucht des Schusses nach
vorn. Er landet mit dem Gesicht nach
unten im Gras. Sein Anzug ist nun
nicht mehr ganz so weiss.

»Weil ich eine Selbstverständlichkeit bin – ebenso wie du auf deine Art.«

»Wir sind so etwas wie Gegensätze, meinst du?«

»Das sollte dir doch allmählich klar sein. Hat dir das Licht die Antwort darauf nicht erhellt? Gegensätze sind Illusion, oder kannst du das Gegenteil von 'Süß' bestimmen? Ist es 'Salzig' oder 'Sauer'? Illusion gibt es in der Finsternis nicht. Solche Verlogenheiten werden nur durch das Licht erzeugt.«

»Ist Gott verlogen?«

»Vielleicht nicht, aber zumindest lässt er Lügen zu.«

»... die sich der Teufel dann zunutze macht.«

»Gott, Teufel – da bist du doch schon wieder bei vermeintlichen Gegensätzen. Gibt es zum Universum einen Gegensatz?«

»Vielleicht ... das Nichts.«

»Ein Nichts gibt es nicht, da das Universum existiert.«

»Oh nein, auch das erklärte mir mein wissenschaftlicher Freund. Man ist längst dabei, das Nichts anders zu definieren.«

»Natürlich, damit man die waghalsige Etwas-aus-Nichts-Theorie des Urknalls zu rechtfertigen in der Lage ist. 'Nichts' ist aber ein absoluter Begriff, da gibt es nichts zu definieren.«

Ich wende meinen Blick erneut zu dem Bergmassiv am Horizont. Zur Hälfte ist das feurige Gebilde bereits versunken und wir beide werden mehr und mehr in dunkle Schatten getaucht. Lediglich der weiße An-

zug meines zweifelhaften Kollegen reflektiert noch das Restlicht.

»Schau mal«, sage ich, »die Scheiße auf deinem Schuh verschmilzt schon fast mit der Umgebung.«

»Und was bedeutet das schlussendlich? Dunkelheit absorbiert Dreck. Und da fühlst du dich wohl?«

»Nein, das bedeutet es eben nicht. Es bedeutet, dass die Dunkelheit so etwas wie Dreck und Scheiße gar nicht beachtet. Kein Gut und Böse; sie ist, wie sie nun einmal ist. Sie macht einem keine falschen Hoffnungen, differenziert nicht zwischen Heil und Untergang. Sie ignoriert die Bewertungen, die sich in menschlichen Gehirnen abspielen und die sich an einer zumeist optischen Betrachtung orientieren. Zu viel Licht verblendet und es verleitet zu falschen Schlüssen. Und dementsprechend zu Lügen, um eventuell unpassende Elemente passend zu machen.«

»Du bezeichnest Wissenschaft als Lüge?«

»Wissenschaft ist unnütz. Alle Selbstverständlichkeiten im Universum funktionieren auch ohne sie.«

»Auch wir?«

»Auch wir. Jedes Mal aufs Neue, wie du wissen solltest. Was haben Menschen davon, wenn sie verstehen, wie und warum etwas funktioniert? Nichts, sie werden dadurch nur verleitet, die vermeintlichen Tatsachen zu ihrem Nutzen einzusetzen und scheitern schließlich an den Selbstverständlichkeiten, von denen sie noch nichts wussten. Ein kleiner Funke kann ein

nützliches Feuer entzünden. Er kann einen elektrischen Kreislauf in Gang setzen. Er kann sich aber verheerend und tödlich auswirken, wenn er in einer Umgebung freigesetzt wird, in der unbemerkt Gas ausgetreten ist. Und was ist ein Funke? Nichts weiter als Licht. Die Finsternis hingegen lässt gar nicht erst zu, dass mit solchen Dingen hantiert wird.«

»Du verdunkelst das Licht und erhellst die Dunkelheit. Findest du nicht, dass du den Bock zum Gärtner machst?«

»Keineswegs. Ich erhelle nichts und verdunkle nichts. Die Dinge sind so, wie sie sind, und ich akzeptiere sie. Wir haben beide unseren Platz, aber du versuchst permanent, mich von meinem abzubringen. Du selbst bist derjenige, der sich irgendwie berufen fühlt, die Finsternis zu erhellen. Aber du scheiterst am kosmischen Plan. Statt dich an deinem Feierabend zu erfreuen, setzt du alles daran, Überstunden zu schieben. Und das nur, weil du ernsthaft zu glauben scheinst, irgendwas verändern zu können. Abgesehen davon, dass du nur alles verschlimmbessern würdest, wird es dir sowieso nicht gelingen. Also spar dir deine Energie.«

Manchmal muss man bei dem Weißen aufpassen, welche Worte man benutzt – er nimmt sie oft als Aufhänger für das nächste unsinnige Argument. Und fast befürchte ich, dass er mir nun einen Vortrag über Energie halten wird. Er könnte mit Floskeln kommen wie *Energie folgt der Aufmerksamkeit* und dass das Wort

»Energie« als solches schon wissenschaftlich besetzt sei und daher nicht für philosophische Spielereien herangezogen werden dürfe. Solche Sachen halt. Aber er scheint sich momentan eher für den großen Feuerball zu interessieren, von dem nur noch ein knappes Viertel hinter den Felsen zu sehen ist. Offenbar wird ihm die nur noch kurze Zeitspanne bewusst, die ihm verbleibt.

»Ich glaube, wir müssen später weiterreden«, stellt er fest. »In ein paar Minuten wird es so weit sein.«

»Bis dahin hast du auch reichlich Zeit, deine Schuhe zu putzen.«

Ich ziehe den Revolver aus meinem Holster unter dem Mantel hervor, werfe einen kurzen Blick in die Trommel. Sechs Patronen. Gut, ich benötige ja nur eine.

»Oh, eine Sache noch«, merkt der Weiße an. »Könntest du dich bitte da vorn hinstellen? Ich möchte nicht auch noch mit dem Gesicht in dem Haufen landen.«

»Kein Problem, wenn es dir wichtig ist.«

Zusammen beobachten wir, wie das Bergmassiv das letzte Restlicht der großen Sphäre hinter sich aufsaugt.

»Sehen wir uns dann?«, frage ich. »Oder muss ich mich zur Dämmerung mit einer Frau rumschlagen?«

»Wie? Oh, nein, natürlich nicht. Werde da sein.«

»Na dann ... bis später.«

»Ja, natürlich ... bis dann.«

Ich bewege mich um ihn herum, halte ihm den Lauf an den Hinterkopf und drücke ab. Mit dem üblichen lauten Knall wirft ihn die Wucht des Schusses

nach vorn. Er landet mit dem Gesicht nach unten im Gras. Sein Anzug ist nun nicht mehr ganz so weiß.

Ohne weitere Emotion verstaue ich die Waffe wieder im Holster. Die Dunkelheit umgibt mich nun völlig; meine Arbeit beginnt. Neben mir spüre ich die Präsenz des Fahlen, und ich nehme im Geiste wahr, wie er mich anlächelt und mir zuzwinkert. Wie immer.

Credits

DUO INFERNAL

Svea Kerling

Bibliographie

Schwarz oder Weiß – Borderliner kennen kein Grau
Autobiographischer Roman

S. Kerling meets E. A. Poe
Kurzgeschichten

Die Equipe – Der letzte Sitzkreis
Roman

www.sveakerling.com

J. MERTENS

Bibliographie

Geh nicht durch diese Kellertür
Mystery-Thriller

Genius Vacui
Horror-Roman

Zerfall
Dunkle Lyrik

Mondo Criminale
Parapsychologischer Thriller

The Pickman Case
Cthuloid Art

Psychotic Tales – Psychotische Episoden
Horror Shorts

Home Invasion – Die Faust des Terrors
Extremhorror

www.obscuranox.com